Diogenes Taschenbuch 21541

Fanny Morweiser

Voodoo-Emmi

Erzählungen

Diogenes

Umschlagillustration von Edward Gorey

Originalausgabe

Alle Rechte vorbehalten
Copyright © 1987 by
Diogenes Verlag AG Zürich
100/87/36/1
ISBN 3 257 21541 X

Inhalt

Voodoo-Emmi   7
Die Nachtigalleninsel   24
Die Insel der Liebe   31
Der Ayatollah im Gras   57
Alle Jahre wieder   68
Laura   77
Blindekuh   96
Lilla   121
Wind aus Afrika   146
Schatten   184
Die Séance   200

Voodoo-Emmi

Die Frau des Malers Max ging jedes Jahr sechs Wochen in Kur, und in diesen Tagen wurde Max ein anderer Mensch, oder, das kam der Wahrheit näher, er wurde zu dem Menschen, der er eigentlich war. Nichts gegen seine Frau – ohne sie wäre er verloren gewesen, das zeigte sich nie deutlicher als in dieser Zeit, denn all das, was sie in Schranken hielt, brach sich, erst ganz allmählich, schließlich immer zügelloser Bahn. Er vernachlässigte die Wohnung und sich selbst. Er schlief wenig und trank viel. Das Leben war herrlich, und der tägliche Anruf seiner Frau aus Bad ... Bad ... ach, er wußte es nicht mehr, eine Botschaft aus einer anderen Welt. Die Haare wuchsen ihm über den Kragen, er trug die Schuhe ungeschnürt und ohne Socken, vom Hemd, nur teilweise zugeknöpft, hing meistens ein Zipfel über die Hose.

In dieser Zeit schuf er seine genialsten Bilder, malte großzügig und bedenkenlos, ohne an so entwürdigende Dinge wie Geld zu denken. Diese Bilder würde keiner kaufen, aber sie waren er selbst, waren des echten Max würdig – nicht der gefällige Kram, den er sonst produzierte.

Und so saß er nun an diesem warmen Sommernachmittag mit baumelnden Beinen auf einem Mäuerchen und wartete auf seine Schüler, mit denen er hier verabredet war. Er wußte nie genau, wer und wie viele kamen, einige schickte ihm die Volkshochschule, andere kamen auf die Anzeigen hin, die seine Frau in die Zeitung setzte.

Da rückten die ersten schon an. Er grinste und blickte zur Seite, damit sie nicht bemerkten, wie sehr es ihn immer noch belustigte, sie so ganz und gar als Künstler ausstaffiert daherkommen zu sehen. Sie trugen Feldstaffeleien und dreibeinige Hocker mit Ledersitzen, Blöcke und Papierrollen, und wiesen sich gegenseitig beim Näherkommen auf die verschiedenen Motive hin, die es hier gab. Er erhob sich und ging ihnen entgegen, groß und mager stand er zwischen ihnen, besah sich neue Farben und ihre letzten Werke, die sie mitgebracht hatten, lobte, kritisierte, ermunterte und sehnte sich nach einem, einem einzigen, bei dem er das Gefühl haben konnte, die Mühe lohne sich.

Kopfsteinpflaster, enge Gassen, alte Häuser. Auch er war noch nie in diesem Viertel gewesen, aber es bot Anregungen genug, und so verteilte er die Schüler mal hier, mal dort, erklärte, worauf es ankam und schlenderte, nachdem fürs erste alle versorgt waren, durch eine der schmalen Straßen, die zum Fluß führten, begegnete Kindern und Hunden, und trat schließlich durch einen Torbogen in einen Hof, in dem er unter einer Laube Tische und Stühle erspäht hatte, in einer Anordnung, die darauf schließen ließ, daß man hier sitzen und trinken konnte – obwohl kein Wirtshausschild zu sehen war.

Ein paar Spatzen hüpften auf dem sandigen Boden umher und flogen weg, als er näherkam. So still war es hier, daß er sein Herz klopfen spürte, und er lockerte mit den Fingern seinen Hemdkragen, ließ sich auf einen der Stühle fallen, betrachtete die halbverwelkten Blumen in ihren Kübeln, die abbröckelnden Fassaden, Regenrohre und unregelmäßig angeordneten Fenster, und fragte sich, durch welche der drei Türen, die von den Häusern in den Hof führten, jemand kommen und nach seinen Wünschen fragen würde.

Hinter seinem Rücken erklang ein leises Hüsteln, und er drehte sich um und sah sich der zerbrechlichsten alten Frau gegenüber, die er jemals gesehen hatte. Sie war nicht einmal klein, aber sehr mager, und sie zitterte ein bißchen, so daß er fürchtete, sie könnte jeden Moment umfallen.

»Wo kommen Sie her?« fragte er.

Sie wies auf eine Art Verschlag, durch dessen offenstehende Tür er übereinandergestapelte Weinkisten erkennen konnte.

»Ah ja. Das sieht so aus, als könnte ich was zu trinken bekommen.«

»Rotwein? Weißen?«

»Einen Roten«, sagte er.

Sie verschwand in ihrem Verschlag und erschien bald darauf wieder, das gefüllte Glas in der Hand, brachte es tatsächlich, ohne etwas zu verschütten, bis zu ihm und stellte es ab.

»Das macht zwei Mark«, sagte sie.

Er bezahlte und hielt sie am Arm, als sie wieder weg wollte.

»Haben Sie einen Augenblick Zeit?« fragte er. »Ich trinke ungern allein.«

Sie betrachtete sein struppiges Haar, die Farbspritzer auf seinem Hemd, die herabhängenden Schnürsenkel, lächelte, zog sich einen Stuhl heran und setzte sich zu ihm.

»Ich heiße Emilie«, sagte sie. »Manche nennen mich Emmi.«

Er erhob sich und deutete eine Verbeugung an. »Max«, sagte er. Er kostete von dem Wein und fand ihn trinkbar.

»Schmeckt er?«

»Durchaus. Etwas sauer vielleicht, aber doch gut.«

»Er ist durch und durch sauber. Meine Brüder machen ihn selbst und ich verkaufe ihn – ein paar Wochen im Jahr.«

Die Spatzen waren zurückgekehrt und suchten zwischen den Tischen nach Krumen. Von der Straße draußen kam das Geräusch eines sich öffnenden Fensters und der Klang einer Frauenstimme, der von den Wänden zurückgeworfen wurde. »Edwin«, rief die Frau, »komm jetzt! Schulaufgaben machen!« Und der unsichtbare Edwin rief: »Bald.« Schnelles Getrappel von Füßen und das Aufschlagen eines Balls, ein lustiges Kreischen, und dann, schon viel weiter weg: »Ba-ald.«

Kluger Edwin, dachte Max, renn weg, so weit du kannst. Sie werden dich trotzdem einholen – deine Pflichten. So wie meine – er trank das Glas bedächtig leer – wie meine mich jetzt hier wegholen. Aber ich komme wieder.

»Ich komme nachher wieder«, sagte er.

Emilie nickte und strich sich über das Kleid, das leise knisterte. »Tun Sie das«, sagte sie.

Er beobachtete sie hingerissen. »Ich bin ganz vernarrt in diesen Ort und in Sie«, sagte er. »Sie dürfen keinen Schritt durch das Tor hinaus auf die Straße tun.«

»Warum nicht?«

»Weil der geringste Lufthauch Sie erfassen und wegtragen würde. Deshalb.«

»Glauben Sie?«

»Ich bin mir da ganz sicher. Emilie wird hochgehoben und fliegt über die Dächer. Mit den Tauben umkreist sie den Kirchturm, sie folgt dem Fluß und

verschwindet hinter den blauen Hügeln der Wein-
berge am jenseitigen Ufer.«

Emilie nahm das leere Glas und stand auf. »Sind Sie
ein Dichter?«

»Ein Maler.«

»Das ist fast dasselbe«, sagte sie.

Beschwingt ging er den Weg zurück und fand seine
Schäflein zum Teil ziemlich verärgert wieder. »Beruhigt euch, Kinder«, sagte er, »wir gehen auch nachher
alle zusammen was trinken. Wo hapert's denn?« Die
nächste Stunde verbrachte er geduldig damit, schiefe
Hauswände gerade zu machen, oder zu gerade schief.
Er radierte, strichelte, pinselte, bis er auf die Gesichter
fast aller seiner Schüler dasselbe selbstvergessene Lächeln gezaubert hatte, das seit seiner Rückkehr auf
dem seinen lag. Heute abend würden sie alle ein
gelungenes Bild nach Hause tragen. Keine Picassos,
natürlich nicht, aber doch nicht allzuweit davon entfernt, und so waren sie, als sie bei Emilie eintrafen,
sehr vergnügt.

»Entzückend«, riefen sie, als sie den Hof sahen.
Und gleich fingen sie an, sich über die Farben der
Wände und den sich daran hochrankenden Efeu zu
unterhalten. Ein schönes Motiv... aber die Perspek-
tive... Max wartete, bis alle saßen, und trat in den
Holzverschlag, um Emilie zu suchen. Durch ein klei-

nes Fenster fiel Licht, so konnte er die aufgestapelten Weinkisten und einen Tisch erkennen, auf dem Gläser und ein paar entkorkte Flaschen standen.

»Jemand da?« fragte er.

Niemand antwortete. Hinter dem Tisch führte eine Treppe nach oben, und er stieg sie langsam hinauf, fand sich in einer Diele wieder und hörte durch eine halb offenstehende Tür eine Frau weinen. »Er schlägt mich«, sagte die Frau unter Schluchzen, »er schlägt die Kinder. Es wird immer schlimmer mit ihm. Eines Tages wird er uns umbringen.«

»Dazu wird er nicht mehr kommen«, sagte Emilies Stimme. Max, der sich gerade bemerkbar machen wollte, blieb der Mund offenstehen. Er trat leise einen Schritt näher und blickte um die Ecke.

In einer sauber aufgeräumten Küche saß Emilie mit einer Frau am Tisch und beugte sich über ein zerknittertes Foto. »Er sieht eigentlich ganz nett aus«, sagte sie.

»Ja, das tut er«, die Frau klang verbittert, »aber er ist es nicht. Weiß Gott – er ist es nicht.«

Unten klopfte jemand an den Holzverschlag und rief nach ihm. Max schlich die Treppe wieder hinab, blieb unten stehen und wartete. Ein zarter Schatten, Emilie erschien oben in der Diele und blinzelte zu ihm hinunter. »Ich bin's nur, Max«, sagte er, »können meine Freunde und ich etwas zu trinken bekommen?«

»Aber sicher«, sagte sie, »fangen Sie inzwischen mit dem Einschenken an. Ich komme gleich.«

Sie zog sich wieder zurück, und Max streckte seinen Kopf aus dem Verschlag, um zu fragen, wer Roten und wer Weißwein wollte. Er füllte die bereitgestellten Gläser, bediente alle und setzte sich dazu.

»Welch ein friedlicher Ort«, sagte einer seiner Schüler.

Noch hielt der kleine Hof die Wärme des Tages gefangen, die Blumen in den Kübeln hatten sich erholt und strömten einen betäubenden Duft aus. Die Frau, die geweint hatte, kam aus dem Verschlag, grüßte, und ging durch das Tor hinaus auf die Straße.

Sie saßen beisammen, bis ein großer gelber Junimond am Himmel hing, und jemand aus der Nachbarschaft sich beklagte, er könne bei ihrem Gerede nicht schlafen. Das vertrieb schließlich auch die letzten, so daß Max ganz allein zurückblieb, tiefsinnig in eine Kerzenflamme stierte und vor sich hin philosophierte. »Ich will dir was sagen, Emilie«, murmelte er, »das Leben ist nicht so, daß jeder... wo bist du überhaupt?«

Er stützte sich am Tisch ab, stand auf und sah sich suchend um. Gläser, Flaschen, Kerzen, um die Nachtfalter tanzten – von Emilie keine Spur. Er schwankte zum Bretterverschlag, stieß sich den Kopf, befahl sich selbst, nicht so laut zu sein, und stieg hinauf in die

Küche, um Emilie gute Nacht und auf Wiedersehen zu sagen. Er fand sie schlafend am Küchentisch, den Kopf auf die verschränkten Arme gebettet. Vor ihr lagen das Foto und eine aus Wachs geformte Puppe. Ernüchtert trat er leise näher, hob Foto und Puppe hoch und hielt sie ans Licht. Es war gute Arbeit, die Emilie da geleistet hatte. Der kleine Mann aus Wachs hatte sogar Haare, schwarze glänzende Haare und winzige Perlenaugen, aus denen er Max böse anstarrte. Ihn schauderte plötzlich. Er legte die Puppe vorsichtig wieder hin und zog sich zurück.

In dieser Nacht fand Max keinen Schlaf. Er entkorkte eine weitere Flasche Rotwein und begann zu malen. Er arbeitete an drei Bildern gleichzeitig. Emmi über den Dächern, Emmi im Hof, Emmi in ihrer Küche, über den Tisch gebeugt, und auf allen Bildern tauchte die Puppe auf, mit ihren kleinen, unmenschlich blauen Augen, die doch eigentlich nur zwei Perlen waren. Gegen Morgen warf er den Pinsel weg und kroch erschöpft ins Bett. Er schlief tief und traumlos, was ihm angst gemacht hatte, war jetzt in den Bildern und brauchte ihn nicht mehr zu kümmern.

Am späten Nachmittag stand er auf, schlurfte, ohne den Bildern einen Blick zu schenken, in die Küche und briet sich ein paar Eier. Es war ein schöner Tag, ebenso schön wie gestern, und er überlegte gerade, was er unternehmen könnte, als es an der Tür klingelte.

Er öffnete und sah sich Margret gegenüber, einer alten Freundin, die mit ihm die Akademie besucht hatte, er bat sie erfreut herein und lud sie zum Essen ein. Sie lehnte ab, mit der Begründung, daß um diese Zeit jeder normale Mensch sein Mittagessen bereits hinter sich habe, und spazierte, während er aß, in der Wohnung herum, um sich alles anzusehen. In dem kleinen Atelier blieb sie ungewöhnlich lang. »Max«, rief sie schließlich, »Max, komm mal her!«

Noch kauend trat er zu ihr.

»Das ist gut«, sagte sie und wies auf die drei Bilder. »Sogar sehr gut. Man könnte meinen, du hättest sie unter dem Einfluß von... ich meine, nimmst du irgendwas?«

Er schüttelte den Kopf.

»Wie auch immer, sie haben eine seltsame Ausstrahlung. Sie sind irgendwie magisch. Ja, das sind sie. Man kann sich diesen Augen nicht entziehen.«

»Meinst du?« fragte Max.

»Unbedingt. Zeig sie doch diesem Typen von der Indianergalerie. Du weißt schon, der Verrückte, der diese Trommelhappenings macht.«

»Sie sind noch nicht trocken«, sagte Max.

»Dann schlepp ich ihn her«, sagte sie entschlossen. »Mensch Max, in dir steckt doch mehr, als ich gedacht habe.«

Und sie brachte den Galeristen tatsächlich nach einer

guten halben Stunde vorbei. Da Max ab und zu in seiner Galerie gewesen war und sie sich dort flüchtig kennengelernt hatten, erübrigte sich eine Vorstellung. Der Verrückte, der eigentlich ganz normal aussah und als einziges Zugeständnis an seinen Ruf ein paar Turnschuhe zum Nadelstreifenanzug trug, verlangte die Bilder sofort zu sehen – und das Wunder geschah, sie gefielen ihm. Er versprach, sie groß herauszubringen.

»Nur drei?« fragte Max.

»Vorerst nur diese drei«, antwortete der Verrückte. »Man soll die Leute nicht überfordern. Mit diesen Bildern steigst du ein, mein Junge. Ich werde sie zugehängt lassen, bis alle da sind. Ich werde einen Burschen auf einer Bambusflöte spielen lassen, bis ihnen fast der Kopf zerspringt. Und dann lassen wir in einem halbdunklen Raum diese Bilder auf sie los, und du bist ein gemachter Mann.«

»Keine Dackel mehr«, sagte Max.

»Was?« fragte der Verrückte.

»Na das.« Er führte ihn in eine Ecke und zeigte, wovon er lebte. Frau Stegmanns Dackel mit dem für ihn so typischen Blick. Herrn Maliks Elternhaus nach einer alten Fotografie. Klein-Erna im Sonntagskleid, ein Blumenkörbchen im Arm. Der Verrückte wand sich schaudernd und entfloh. Max und Margret aber fielen sich in die Arme und lachten, bis sie nicht mehr konnten.

»Ich möchte dich einladen«, sagte Max, »zu der Dame, die du auch auf den Bildern siehst. Ich möchte mich damit bei dir bedanken.«

»Gern«, sagte Margret. Sie hängte sich bei ihm ein, und da er vorschlug, Margrets Auto stehenzulassen, liefen sie durch die halbe Stadt bis in das Viertel, in dem Emilie zu Hause war. Vom Fluß kam ein warmer Wind herauf, der ihnen über die Gesichter strich und sie verließ, als sie in den Hof einbogen.

Stimmengewirr und Gelächter schlug ihnen entgegen. Wo gestern um diese Zeit alles noch still gewesen war, drängten sich heute die Gäste, und sie hatten Mühe, noch zwei Plätze zu finden. Schließlich nahm man sie auf, rückte zusammen, rief nach Wein für sie. Margrets Schulter an der seinen, sah Max sich nach Emilie um, entdeckte sie ein paar Tische weiter, wo sie, den Arm auf die Schulter einer Frau gestützt, einem Mann zuhörte, der anscheinend das große Wort führte. Max erkannte ihn sofort. Es war der Mann, den er auf dem Foto gesehen hatte. Er redete, trank, gestikulierte, schweigsam beobachtet von seiner Frau, die neben ihm saß, und von Emilie, die sich manchmal sogar vorbeugte, um ihn besser verstehen zu können. Wie sollte man das nennen, überlegte Max. Die letzte Überprüfung... Anhörung? Nein, Anhörung sicher nicht. Der Mann hatte ja keine Ahnung. Und wenn er Emilies Gesichtsausdruck richtig deutete, redete der Mann sich gerade großspurig und mit weitausholenden Armbewegungen um seinen Kopf. Aber was bildete er sich da ein? Das Ganze war sicher nur ein makabres Spiel, unmöglich, daß hier... in dieser Stadt. Er legte den Arm um Margret und spürte, wie sie sich an ihn schmiegte. Sie hätte er seinerzeit heiraten sollen – aber dazu war es nun zu spät.

Ein kräftiger junger Bursche hatte vorübergehend das Ausschenken und Kassieren übernommen und brachte ihnen zu trinken.

»Liebe kleine Margret«, sagte Max, »ich danke dir für deine Hilfe. Aber nach dem heutigen Abend dürfen wir uns nicht mehr sehen.«

»Warum nicht?«

»Ich könnte mich in dich verlieben.«

Sie kicherte. »Wäre das so schlimm?«

»Schlimm«, sagte er ernsthaft. »Weißt du, meine Frau hat zwar wenig Phantasie, ich meine, sie hat wenig von dem, wovon ich zuviel habe. Aber sie ist sehr ordentlich...«

»Kleinlich«, unterbrach Margret.

»Sparsam.«

»Mhm.«

»Sie hält mich über Wasser.«

»Eher unter würde ich sagen.«

»Ach Margret. Ich bin schlampig, unzuverlässig, hilflos in allen Dingen. Sieh mich doch an, wie ich aussehe. Drei Wochen ist sie jetzt weg. Und was ist passiert?«

»Du malst ein paar gute Sachen, und jemand wird sie ausstellen. Das ist passiert.«

»Ja«, sagte er – erstaunt, als wäre es ihm erst jetzt wieder eingefallen.

»Nur das ist wichtig. Es ist ein Anfang, und darauf wollen wir trinken. Auf Max den Maler, nicht auf Max den Ehemann.«

Später am Abend setzte sich Emilie zu ihnen. »Das ist Emmi«, sagte Max zu Margret, »und wenn du mich nach meiner Traumfrau frägst, so ist sie es. Sie allein.«

Er hatte schon ziemlich getrunken, aber trotzdem war ihm nicht entgangen, daß Emilie der Frau etwas ins Ohr geflüstert hatte. Wie auch immer – die Prüfung schien abgeschlossen. Die Frau sah zufrieden aus, und oben in Emilies Küche wartete die kleine Puppe, die dem Mann so schrecklich ähnlich sah. Nicht einmal so sehr im Äußerlichen, viel mehr noch in dem unnachgiebig starren Blick seiner kleinen blauen Augen, die gleichzeitig Härte und Leblosigkeit verrieten, und es war seltsam, eine Sache, die er nur dem Wein zuschreiben konnte – eine Sekunde lang, als der Blick des Mannes ihn streifte, hatte Max geglaubt, in die Augen seiner Frau zu sehen.

Die nächsten Wochen vergingen wie im Flug. Er verriet seiner Frau am Telefon nichts von der Ausstellung. Er rahmte die drei Bilder und lehnte sie nebeneinander an die Wand seines Ateliers. Jeden Tag stand er davor und betrachtete sie, hielt sich von Emilie und Margret fern, malte auch nicht, verhielt sich wie ein noch verpuppter Schmetterling, bereit, zu gegebener Zeit den Kokon zu verlassen, um sich in neuer Form einem neuen Leben zuzuwenden.

Und dann kam seine Frau zurück. Erholt, gestärkt, voller Tatendrang. Sie schnitt ihm als erstes die Haare und befahl ihm, dasselbe mit Finger- und Fußnägeln zu tun. Sie ließ ihm ein Bad ein, räumte die leeren Flaschen weg und lüftete die Zimmer. Sie steckte ihn in frische Wäsche und einen Sommeranzug, den er ganz hinten im Schrank hängen hatte, weil er ihn haßte, und schickte ihn für ein paar Stunden weg, damit sie ihn aus den Füßen hatte – sagte sie. Er verließ sie nur zu gern, trieb sich in der Stadt herum, versuchte, Bekannten aus dem Weg zu gehen, weil er sich seines Aufzugs schämte, und traf erst wieder bei Anbruch der Dunkelheit zu Hause ein. Tüchtig war sie, wahrhaftig. Sie hatte nicht nur die Wohnung geputzt, die Betten frisch bezogen und den ersten Korb Wäsche gewaschen, die Zeit hatte ihr sogar gereicht, ein kleines Abendessen zuzubereiten, das sie auf dem Balkon bei Kerzenlicht servierte.

Er stocherte in seiner Piccata milanese und verfluchte in Gedanken sein kurzes Haar, das ihn im Nacken frösteln ließ.

»Was wäre ich ohne dich«, sagte er. Sie lächelte ihn strahlend an. »Die größte Überraschung hast du noch gar nicht gesehen«, sagte sie. »Ich war so in Schwung, daß ich dir alle Leinwände neu grundiert habe. Das ganze Geschmiere, das in deinem Zimmer stand. Prost Schatz.« Sie hob ihr Glas und trank ihm zu. Fassungslos sah er sie an. »Die Bilder?« fragte er heiser. Sie nickte. Er stand auf, schob den Stuhl zurück und stürzte in sein Atelier. Es war sauber, aufgeräumt – und da standen sie, ordentlich nebeneinander, weiß und tot, seine Bilder. Ein Schluchzen würgte ihn, das er aber hinunterschluckte, als er sie kommen hörte und ihre Hand auf seiner Schulter spürte.

»Ist irgendwas?« fragte sie.

Er schüttelte den Kopf.

»Hab ich was falsch gemacht?«

»Nein«, krächzte er.

»Dann iß auf und laß uns ins Kino gehen. Wir müssen meine Rückkehr feiern.«

Wie betäubt folgte er ihr – erst auf den Balkon, dann ins Kino. Sie kamen ein bißchen zu spät, und so war es schon dunkel, als die Platzanweiserin sie zu ihrer Reihe führte. Er setzte sich und schloß die Augen. Es mußte ein lustiger Film sein, die Leute lachten, und vor allem die Frau vor ihm erstickte fast an ihrem Gelächter. Als der Film zu Ende war und das Licht anging, öffnete er die Lider und sah direkt vor sich die Person, die so gelacht hatte. Sie war ganz in Schwarz und zeigte jetzt das ihrer Kleidung entsprechende betrübte Gesicht, aber das hinderte Max nicht, zwei Feststellungen auf einmal zu machen: Das war die Frau, die er bei Emilie gesehen hatte – und sie war die lustigste Witwe, die er sich vorstellen konnte.

So kam es, daß Max der Maler an einem schönen warmen Nachmittag die Straße Richtung Fluß hinunterspazierte, um wieder einmal nach Emilie zu sehen. In seiner Tasche hatte er ein Foto seiner Frau. Es war sehr gut getroffen.

Die Nachtigalleninsel

Eigentlich gehörte die Insel den Kindern und den Liebespaaren. Jetzt aber, am frühen Samstagabend, saßen die Kinder in der Badewanne, und den Liebespaaren war es noch nicht dunkel genug. Der alte Mann hatte sich auf dem Baumstrunk niedergelassen und beugte sich vor, um besser ins Wasser sehen zu können. Der Fluß hatte eine trübe grau-braune Färbung von den Regenfällen der letzten Tage, aber dort, wo er eine kleine Bucht bildete, konnte man doch noch ein Stück vom Ufer weg den schlammigen Grund erkennen.

Ein paar Enten kamen näher, aber als er keine Anstalten machte, sie zu füttern, schwammen sie weiter, eine silberglänzende Spur hinter sich her ziehend.

Von der Kirche, die der Insel gegenüberlag, schlug die Uhr, und der gläserne, weithin hörbare Klang rief dem alten Mann seinen Gang durch die ausgestorben wirkenden Gassen der kleinen Stadt zurück, in die er für einen Tag zurückgekehrt war, um sich noch einmal die Zeit seiner Kindheit gegenwärtig zu machen – bevor er sie für immer verließ. Es war Anfang Juni, und auf dem Rathausplatz hatten die Rosen in verschwenderischer Fülle geblüht und die Luft so mit ihrem Duft erfüllt, daß er wie betäubt stehengeblieben war, um ihn einzuatmen. Früher hatte es hier nicht so viele Rosen gegeben. Überhaupt wirkte alles zwar alt, aber doch hergerichtet und sauber. Er hatte an das zerbröckelnde Dorf auf Ischia denken müssen, wo er lebte, an die Oleanderkübel, die verfallendes Mauerwerk verbargen, und in Gedanken daran rührte ihn diese kleine saubere Stadt so sehr, daß ihm die Tränen kamen.

Denn obwohl dies mit die Gründe gewesen waren, daß er weggegangen war, übergroßer Ordnungssinn und die Unfähigkeit, Dingen einfach ihren Lauf zu lassen, blieben sie trotzdem ein Teil von ihm, den er zwar vergessen, aber doch nie ganz würde ablegen können. Er legte eine Hand über die Augen und blickte sich um. Nie hatte er, nicht als Kind, und auch nicht später, als er oft mit Lea hier gewesen war, auf der Nachtigalleninsel eine Nachtigall singen hören. Meterhoch wuchsen die Brennesseln zwischen den vom Wasser unterhöhlten Baumwurzeln. Totes Holz lag am Ufer, in den niedriger hängenden Zweigen der Sträucher hatte sich angeschwemmter Unrat gesammelt. Seine Augen waren schwächer geworden, er blinzelte und kniff die Lider zusammen, um die kleinen rosa und weißen Blüten der Lichtnelken oder die hellila Tupfer von

Wiesenschaumkraut auszumachen, aber er konnte nicht mehr erkennen als bewegtes, in allen Schattierungen abgestuftes Grün. Er erhob sich schwerfällig, müde vom langen Sitzen und müde von den Erinnerungen. Steil und ausgetreten waren die Stufen, die, in Sandstein gehauen, von der Insel zur Festung führten, durch die allein man wieder in die Stadt gelangen konnte. Er hielt sich an den herabhängenden Zweigen der Holunderbüsche, die rechts und links der Treppe wuchsen, und zog sich mit ihrer Hilfe hoch. Als er endlich oben war, klopfte das Blut in seinen Schläfen. War er kleiner geworden, oder der Abstand zwischen den Stufen größer? Er ging über den Hof der Festung und bog in die Straße ein, durch die er hergekommen war, vorbei an den offenen Fenstern der Wirtschaft ›Zum Adler‹. Vorhin hatte er nur einen flüchtigen Blick in die Gaststube geworfen, jetzt wollte er eintreten und etwas trinken, auch auf die Gefahr hin, daß ihn jemand erkannte.

Er spürte, daß sein Gesicht immer noch erhitzt war, aber anders als draußen war das Licht hier gedämpft, aufgesogen von den dunklen Wänden, und er durchquerte erleichtert aufatmend die leere Gaststube und setzte sich in die Ecke, in der er immer mit Lea und den anderen gesessen hatte. Er wartete geduldig und wäre fast eingeschlafen, als der Vorhang hinter der Theke beiseite geschoben wurde und einen Mann durchließ, der, ebenso alt wie er, sich so schwerfällig bewegte, daß seine Füße in den Filzpantoffeln sich beim Gehen nicht hoben, sondern mit einem gleichmäßigen Geräusch über den Boden schleiften.

»Alfred«, sagte er, als der Mann an seinem Tisch angelangt war, erschrocken, wie der Freund sich verändert hatte, und ohne daran zu denken, daß er sich nicht zu erkennen geben wollte.

»Ja«, sagte der andere, und seine Stimme, hoch und viel zu kindlich für den schweren Körper, überschlug sich fast. »Bist du's? Wirklich?«

»Ja«, sagte er und fragte sich, ob er sich vielleicht noch mehr verändert hatte als sein Freund, der ihm jetzt beide Hände rechts und links an die Wangen legte und sein Gesicht ins Licht drehte. Er schloß einen Moment die Lider, aber dann öffnete er sie doch wieder und erblickte aus nächster Nähe die kleinen, hinter Tränensäcken fast verschwindenden Augen, die feucht glänzten. Alfred war ihr Anführer gewesen, weil er der Größte und Stärkste gewesen war, und weil sein Vater eine Wirtschaft hatte. Er löste vorsichtig die Hände seines Freundes und wartete, bis dieser sich ihm gegenüber gesetzt hatte. »So vergeht die Zeit«, sagte er.

»Bleibst du jetzt hier?« fragte Alfred. »Bist du zurückgekommen?«

»Nein.«

»Was machst du? Wo lebst du?«

»Ich male«, sagte er. »Ich lebe in einem kleinen Haus auf Ischia und male ... für die Touristen«, fügte er leiser hinzu.

»Geht es dir gut?«

»Nicht gut, nicht schlecht.« Er starrte auf Alfreds Ehering und hatte Angst zu fragen. Aber schließlich tat er es doch.

»Lea?« fragte er.

»Lea«, sagte Alfred. Und dann noch einmal: »Lea.« Er hob die Hände und ließ sie mit den Handflächen nach oben auf die Tischplatte fallen.

»Ist sie ...?«

»Tot? Nein. Rudolf ist tot, ein Schlaganfall. Und Heiner ist gestorben. Letztes Jahr. Aber das wirst du wissen. Sie hat dir doch geschrieben?«

Er schüttelte den Kopf.

»Niemals?«

»Nie.«

Aus einem Zimmer über ihnen hörten sie Schritte hin- und hergehen. Eine Schublade wurde geöffnet und wieder zugestoßen – dann rückte jemand einen Stuhl.

Sie waren zusammen gewesen, wann immer es sich einrichten ließ. Lea, Heiner, Rudolf, Alfred und schließlich er, der diese Stadt verlassen hatte, weil Lea einem unsicheren Leben mit ihm das an der Seite Alfreds vorgezogen hatte.

Ein Junge, der in einem baumelnden Netz leere Bier-flaschen trug, kam von der Straße herein und klopfte solange mit einem Geldstück auf die Theke, bis der Wirt, der geistesabwesend vor sich hingestarrt hatte, ihn bemerkte, aufstand und zu ihm ging. Während er den Jungen abfertigte, wie vor vielen Jahren sein Vater die Kunden bedient hatte, fühlte der alte Mann sich zurückversetzt, glaubte Lea an seiner Seite, leicht und zärtlich waren ihre Bewegungen gewesen, und er zog die Luft ein, um ihren Duft zu spüren.

Der Junge war gegangen, und Alfred, der ihn von der Theke her beobachtet hatte, nickte. »Willst du sie sehen?« fragte er.

»Ist sie oben?«

»Ja.«

Er erhob sich mit zitternden Knien. Würde er irgend etwas von seiner Lea wiederfinden? Oder würde die Frau, der er gleich gegenüberstehen sollte, für immer das Mädchen in seiner Erinnerung auslöschen? Er hob erschrocken die Hand, als Alfred sich zum Vorhang wandte, um zu rufen.

»Nein«, sagte er, »warte. Morgen, morgen komm ich wieder.«

»Wie du willst«, sagte Alfred und wußte ebenso wie er, daß er log.

»Grüß sie inzwischen von mir.«

»Das werd ich tun.« Er zögerte und malte mit dem

Finger Kreise in einer Lache ausgelaufenen Bieres. »Sie spricht oft von dir.«

»Ja?«

»Ja. Die Nachtigallen. Sie sagt, sie haben gesungen. Für dich und für sie.«

»Die Nachtigallen?«

»Auf der Insel.« Alfred hob den Blick, und er erkannte in seinen Augen die nie gelöschte Eifersucht unzähliger Tage und Nächte, in denen sein Bild ihn für Lea hatte verschwinden lassen. Er lachte. Es war ein erstauntes und nervöses Lachen, und er wußte, daß es Tage dauern würde, bis er begriffen hatte, daß sie alle drei... daß jeder einzelne von ihnen...

»Niemals«, sagte er, »und das kann ich schwören, habe ich auf dieser verdammten Insel eine Nachtigall gehört.«

Die Insel der Liebe

Von diesem ihrem ersten Urlaub ohne Kinder versprach Carola sich viel. Irgendwie wollte es zwischen Roger und ihr nicht mehr so recht klappen, in jeder Beziehung, nicht nur im Bett, und sie gab die Schuld dafür zum größten Teil sich selbst. Sie war unzufrieden, obwohl es doch kaum einen Grund dafür gab. Haut, die schlaffer wurde, Haar, das an Glanz verlor, welcher Frau, die wie sie die Vierzig überschritten hatte, ging es schon besser. Man mußte sich arrangieren, das Beste aus dem machen, was blieb, und vor allem, wie Roger ihr immer wieder vorhielt, anderen Dingen einen größeren Wert beimessen. Er hatte gut reden, er war ein Mann, und rundbäuchig und rundrückig wie er war, schienen seine Konturen doch immer noch straffer zu sein als die ihren.

Aber jetzt saß sie neben ihm im Auto, fest entschlossen, diesen Urlaub zu einem Erfolg werden zu lassen, hielt die Karte auf dem Schoß und wies ihm den Weg, wenn er nicht weiter wußte. Sie hatten für vierzehn Tage ein Haus auf Korsika gemietet, in einem Feriendorf am Meer, und sie hatten sich vorgenommen, Hin- und Rückreise über mehrere Tage auszudehnen, um ausgeruht und ohne Hetze viel von der Landschaft mitzubekommen, die sie durchquerten.

Bei Straßburg gingen sie über die Grenze, fuhren durch das Elsaß weiter, und sie blickte neugierig durchs Fenster, um die ersten Unterschiede zwischen dem Land, das sie verlassen hatten, und diesem hier festzu- stellen, aber außer den Reklameschildern in französi- scher Sprache konnte sie nichts entdecken, vielleicht daß es weniger neue und frisch verputzte Häuser gab, aber das war schon alles. Enttäuscht lehnte sie sich wieder im Sitz zurück, versprach sich mehr, wenn sie erst einmal weiter südlich sein würden, und nickte bestätigend, als Roger sie daran erinnerte, daß das Elsaß schließlich einmal deutsch gewesen war. Am späten Nachmittag begannen sie Ausschau nach einer Übernachtungsmöglichkeit zu halten und fanden, nachdem sie ein paarmal Pech gehabt hatten – es sah so aus, als würden die Elsässer gerade selbst Ferien ma- chen und ihre Gasthäuser für eine gewisse Zeit schlie- ßen –, ein ansprechendes Hotel in einer Kleinstadt, nicht weit von Mülhausen. Roger nahm ein Zimmer mit Dusche und Bad, unnötiger Luxus, wie sie fand, aber er liebte es, groß aufzutreten, vor allem, wenn er unsicher war und sich in einer Sprache verständigen mußte, die ihm nicht geläufig war.

Das Abendessen, das sie in dem großen, mit alten Möbeln eingerichteten Speisesaal zu sich nahmen, war gut. Pastete als Vorspeise, danach Hähnchen, in Wein zubereitet, Käse und Früchte. Dazu tranken sie eine halbe Flasche Beaujolais, ohne sich zu fragen, ob er paßte, aber es war so ziemlich die einzige Weinsorte, die Roger trinken konnte, ohne Sodbrennen zu bekommen. Leicht angeheitert gingen sie auf ihr Zimmer, duschten und stiegen in das breite französische Bett, und obwohl sie ein wenig enttäuscht war, daß Roger nicht einmal einen Versuch machte, war Carola doch froh, daß er sie in Ruhe ließ, sich gleich auf die Seite drehte und einschlief. Sie selbst konnte nicht schlafen. Der neben dem Bett in die Wand eingebaute Radiowekker schnurrte regelmäßig jede Minute, und nach einer halben Stunde glaubte sie, das Geräusch nicht mehr ertragen zu können. Sie holte Watte aus dem Bad und drehte sie zu zwei Pfropfen, die sie in die Ohren steckte. Aber das machte die Sache noch schlimmer. Jetzt lag sie ganz ruhig und versuchte trotz der Watte das leise Schnurren zu hören, und als sie es nicht hörte, gleich darauf aber doch zu hören glaubte, riß sie sich die Pfropfen aus den Ohren und warf sie auf den Boden. Roger atmete ruhig und regelmäßig, manchmal seufzte er im Schlaf, wenn er sich im Bett bewegte. Sie versuchte, an alles mögliche zu denken, an die Kinder, die sie gut untergebracht wußte, an die Überfahrt mit dem Schiff von Marseille nach Ajaccio, an den morgigen Tag, an dem sie bis Lyon fahren wollten. Bilder kamen und gingen, aber sie fand keine Ruhe.

Erst als das helle Morgenlicht sich zwischen den Spalten der geschlossenen Fensterläden zeigte, sank sie in einen flachen, immer wieder unterbrochenen Schlaf. Nach einer kalten Dusche und einem guten Frühstück war sie erstaunt, wie frisch sie sich trotz der durchwachten Nacht fühlte. Die Karte über die Knie gebreitet, saß sie neben Roger und fuhr mit dem Finger immer wieder die Strecke entlang, die sie heute fahren wollten. Halblaut sprach sie die Namen der Städte, die sie berühren würden, vor sich hin. Besançon, Bourgen-Bresse, Namen, die sie an etwas erinnerten, nicht nur an ihre Schulzeit, in der man sie ihnen in irgendeinem Zusammenhang sicher auch einzuprägen versucht hatte, nein, sie riefen ihr eine Erzählung ins Gedächtnis, die sie vor langer Zeit einmal gelesen hatte, war sie von Graham Greene, oder Ford Madox Ford? Sie wußte es nicht mehr, geblieben war der Eindruck einer mittelalterlichen Stadt, mit dicken Mauern und vielen Türmen, und sie war gespannt, ob sie wenigstens eine dieser Städte so antreffen würde, wie ihre Phantasie sie ihr nach den wenigen Worten eines Dichters vorgestellt hatte.

Es hatte kurz nach ihrer Abfahrt zu regnen begonnen, aber als sie an den grünen Ufern des Doubs entlangfuhren, kam die Sonne durch, und bei der Durchquerung einer kleinen Stadt, auf deren Namen sie nicht geachtet hatte, eröffnete sich ihr für einen Augenblick ein Ausblick, der ihr den Atem nahm. In einer mit Rosen überhangenen Steinmauer stand eine Tür offen, die einen Garten zeigte, der sich zum Fluß hinunterzog, in den die großen Bäume am jenseitigen Ufer ihre Zweige hängen ließen, und genau in der Mitte des Bildes, wie in dieser Sekunde nur für sie hineingesetzt, zwischen Bäumen und Garten, auf dem grünen Wasser, das von einem Grün war, wie sie es noch nie gesehen hatte, schaukelte ein Kahn mit einem Mädchen, das einen Strohhut trug und las.

Dieser Anblick half ihr darüber hinweg, daß Belfort, an dem sie bereits vorbeigekommen waren, nicht das gehalten, was sie sich versprochen hatte. Vielleicht lag es daran, daß die Straße nur an der Peripherie vorbeigeführt, die Stadt nur gestreift hatte, daß ihr Tankstellen und häßliche neue Industriehallen mehr aufgefallen waren als alte Häuser oder Mauern, die sie von weitem nur ahnen konnte. Sie hätten die Straße verlassen und abbiegen müssen, aber Roger wollte nicht, er fand es nicht gut, jetzt schon zu unterbrechen, und außerdem, hatte er sie getröstet, würden sie auf der Rückreise wieder hier vorbeikommen. Sie machten nur einmal eine kurze Pause – um die Mittagszeit –, kauften Weißbrot, Käse und Pfirsiche und aßen am Straßenrand, im Gras sitzend, an einer Stelle, die vor ihnen schon von vielen benutzt worden war, denn ringsherum verstreut lagen Zeitungen, Joghurtbecher und Papp-schachteln von Zigaretten- und Kekspackungen.

Gegen fünf begann Roger unruhig zu werden, und statt, wie er es ihr versprochen hatte, nach Lyon hineinzufahren, um dort zu übernachten, hielt er in einem Vorort bei einem Zwei-Sterne-Hotel, das unter hohen alten Bäumen versteckt, doch immer noch sehr nah an der Straße lag, und nahm dort ein Zimmer für die Nacht. Er sei müde, entschuldigte er sich, und außer-dem fürchte er den Verkehr in einer ihm fremden Großstadt. Carola, die schon Wochen vorher von einem Spaziergang mit ihm zusammen durch das abendliche Lyon geträumt hatte, verbiß sich die Tränen. Er sah sie kurz an und legte ihr die Hand auf den Arm.

»Morgen«, sagte er, »in Avignon. Ich versprech's dir.«

Sie nickte und blinzelte, um ihre Augen wieder klar zu bekommen, und folgte ihm mit der Reisetasche aufs Zimmer. Ob sie diese Nacht schlafen würde? Sie öffnete das Fenster. Durch die Zweige einer Platane konnte sie ein Stück der Straße sehen und die Personenautos und Lastwagen, die in großer Geschwindigkeit dort unten vorbeifuhren und sicher auch die ganze Nacht fahren würden. Sie nahm sich vor, beim Abendessen viel zu trinken, vielleicht würde ihr das helfen.

Im Hotel selbst gab es kein warmes Essen, das überraschte sie, denn Freunde hatten ihnen erzählt, daß man in Frankreich preiswert übernachten konnte, von den Gästen aber erwartet wurde, daß sie das Essen im Haus einnahmen. Die Wirtin, die sie schon nicht freundlich empfangen hatte und jetzt noch unfreundlicher auf ihre in mangelhaftem Französisch vorgebrachten Fragen reagierte, wies sie ein Stück die Straße hinunter, dort gäbe es ein Restaurant.

Sie fanden ein zweites Hotel, ohne Sterne, das Menü, auf einer außen an die Glastür geklebten Karte angezeigt, kostete nur achtzehn Francs, aber es klang gut, soweit sie es entziffern konnten, und sie traten ein. An der Bar standen zwei Männer, die sich unterhielten. An einem der Holztische, die mit einem großen Bogen weißen Papiers belegt und bereits gedeckt waren, saß ein älteres Ehepaar einander gegenüber, sicher Hotelgäste, die auf ihr Essen warteten. Eine Frau mit kurzgeschnittenen dunklen Haaren, in Jeans und Pullover, kam auf sie zu und fragte nach ihren Wünschen. »Manger«, sagte Roger, und sie wies ihnen einen Tisch zu und brachte bald darauf eine Karaffe mit einfachem Rotwein, denn nach einem Beaujolais hatte Roger hier nicht zu fragen gewagt.

Der Wein war gut und auch das Essen. Es schmeckte ihnen sogar besser als am Abend vorher, obwohl da alles mit viel mehr Raffinesse zubereitet worden war, und als der Käse gebracht wurde, bestellten sie noch eine zweite Karaffe Rotwein und machten es dem älteren Ehepaar nach, das sich gegenseitig kleine Kostproben der verschiedenen Käsesorten auf den Teller schob. Als sie schließlich bezahlt hatten und auf die Straße hinaustraten, hatten sie beide einen kleinen Rausch. Sie kamen an einer Drogerie vorbei, die wie die anderen Läden schon geschlossen war, aber hinter den Scheiben brannte noch Licht.

»Soll ich mir die grauen Haare wegtönen?« fragte Carola und zeigte auf die Auslage, wo auf einer Tafel aufgeklebte Haarproben das gewünschte Ergebnis anzeigten. Sie wartete keine Antwort ab und klopfte kräftig gegen die Tür, die ihr auch bald darauf von einer alten Frau mit einer Katze unterm Arm geöffnet wurde. Carola zeigte wieder auf die Auslage und tippte von außen gegen die Scheibe, wo sich das braune Haarbüschel befand, das ihrer Haarfarbe am ehesten entsprach. Die Frau schüttelte den Kopf, schlurfte in den Hintergrund des Ladens und kam bald darauf ohne Katze, aber mit zwei kleinen Schachteln zurück.

»C'est tout.«

Es waren ein Tizianrot und ein Hollywoodblond, und in einem plötzlichen Entschluß nahm Carola das Blond, dabei fühlte sie sich, als habe sie einen kleinen Luftsprung gemacht. Sie hängte sich wieder bei Roger ein, und einmal auf, einmal neben dem schmalen Gehsteig erreichten sie ihr Hotel, wo er sich gleich ins Bett legte, während sie sich im Bad daran machte, ihrem matten, von grauen Fäden durchzogenen Haar den strahlenden Goldton zu geben, den das Haar des Mädchens auf der Packung hatte. Sie kam mit der Gebrauchsanweisung nicht zurecht, manche Wörter waren völlig fremd für sie, und Roger, den sie hätte zu Hilfe ziehen können, schlief bereits. So füllte sie, was in der Packung war, in eine beigegebene Flasche, schüttelte die Flüssigkeit durcheinander, rieb sie in ihre Haare und ließ sie eine Zeitlang einwirken, bevor sie alles unter der Dusche ausspülte. Sie wickelte sich ein Handtuch um den nassen Kopf und kroch ins Bett, und obwohl unten auf der Straße tatsächlich ununterbrochen Autos vorbeifuhren und der Geruch des Haarfärbemittels sie in die Nase biß, schlief sie bald darauf ein, und ihr letzter Gedanke war, daß ihr morgen früh, wenn sie in den Spiegel blickte, vielleicht eine blonde Schönheit entgegenlachen würde.

Aber Rogers Gesicht, das sie am nächsten Morgen als erstes sah, verriet ihr bereits, wie das Ergebnis ihrer Bemühungen ausgefallen war.

»Schon gut«, sagte sie, als er zu grinsen begann. Sie sprang aus dem Bett, lief ins Bad und riegelte die Tür hinter sich zu. Ihr Haar war scheckig wie ein geflecktes Kalbsfell. Wütend fuhr sie mit der Bürste über ihren

Kopf, machte sich unfroh zurecht und ging dann Roger suchen, der nicht mehr im Zimmer war. Sie fand ihn in einer zugigen Galerie an einem einsamen Tisch sitzen, und er erklärte ihr, daß die Wirtin ihn hierher verwiesen habe, weil das Frühstückszimmer von einer Gruppe Franzosen besetzt sei. Fröstelnd nahm sie neben ihm Platz. Es regnete wieder, und durch das undichte Holzdach kamen einzelne Tropfen, die sie an Kopf und Rücken trafen. Die Wirtin kam mit zwei Servietten, die sie vor sie auf den Tisch legte, darauf stellte sie zwei Tassen. Ein Korb mit Weißbrot folgte, das aussah, als wäre es bereits am Abend vorher geschnitten worden. Kaffee und Milch, ein paar abgepackte Portionen Butter und Marmelade, Messer und Löffel wurden kurz danach auf einem Tablett angebracht und lieblos auf dem Tisch verteilt.

»Ich möchte wissen«, sagte Carola, als sie wieder weg war, »wofür sie zwei Sterne bekommen hat. Ich hoffe nur, daß ich ihr gestern abend mit meinen Haaren ein paar ordentliche Flecken ins Handtuch gemacht habe.«

Roger tauchte sein Weißbrot in die Tasse und begann daran zu lutschen. »Vielleicht hat sie einen Sohn im Krieg verloren«, gab er zu bedenken, »manche hier hassen uns Deutsche.«

»Dann soll sie auch keine als Gäste aufnehmen. Unser Geld haßt sie wohl nicht?«

»Es gibt solche und solche«, sagte er begütigend, »denk an gestern abend, das war doch nett.«

»Ja, das war es«, gab sie zu, »ich wünschte, wir würden jetzt dort frühstücken.«

Sie kamen schon am frühen Nachmittag in Avignon an, und Roger fand zu seiner eigenen Überraschung einen Parkplatz in der Nähe des Papstpalastes.

»Wir lassen den Wagen hier stehen«, schlug er vor, »und suchen uns ein Hotel.«

Endlich in Avignon. Endlich mitten in einer dieser Städte, von denen sie schon soviel gehört und gelesen hatte. Sie stieg aus und sah sich um. Den Regen hatten sie irgendwo unterwegs hinter sich gelassen, hier war es heiß und trocken, und die Frauen trugen fast alle leichte, weitgeschnittene Kleider, die Kinderkleidern ähnelten, mit schmalen Trägern und schwingenden Röcken. Ob ihr eines dieser Kleider stehen würde? Wahrscheinlich war sie zu dick, hatte zu weiße Schultern. Dazu kam noch das scheckige Haar. Sie ging etwas in die Knie, um sich im Seitenfenster des Autos zu betrachten, und zupfte ein paar Strähnen zurecht. Wenn die Sonne ihr Haar noch mehr ausbleichen würde, könnte es vielleicht doch noch ganz gut aussehen.

»Ich möchte eines von diesen Kleidern«, sagte sie entschlossen und richtete sich wieder auf.

»Aber ja«, Roger schloß den Wagen ab und kam auf ihre Seite, »im Urlaub ist das schon mal drin.«

Sie liefen durch die Straßen, die abseits der großen Plätze und Boulevards so schmal waren, daß sie mehr als einmal gezwungen waren, in der Mitte zu gehen, um Entgegenkommenden Platz zu machen. Die Autofahrer nahmen auf das Gedränge von Fußgängern kaum Rücksicht, fuhren schnell und gewagt, hupten, wenn ihnen jemand in den Weg kam, und Carola sprang ein paarmal wie ein aufgescheuchtes Kaninchen hin und her, so daß sie sich schließlich lächerlich vorkam, Roger am Arm packte und dicht hinter ihm hertrottete, als wäre er ein Schutzschild für sie. Menschen, Menschen. Als hätte alle Welt sich für den heutigen Tag die Besichtigung Avignons vorgenommen. Sie schlängelten sich zwischen den Tischen und Stühlen der unzähligen kleinen Bars durch, und im Vorübergehen erhaschte sie einen Blick auf das, was die Leute in ihren Gläsern hatten. Grüne und rote und gelbe Getränke, in denen Eiswürfel schwammen, und sie spürte, wie ihr der Schweiß ausbrach und die Zunge am Gaumen klebte.

»Ich hab Durst«, sagte sie.

»Ich auch. Aber erst nehmen wir uns ein Zimmer und holen den Wagen.«

Sie blieb stehen und zerrte ihn am Arm. »Warum nicht da«, sagte sie, »warum nicht gleich da?«

Zwischen den Häusern öffnete sich eine große

dunkle Toreinfahrt, und sie zog ihn einfach mit sich, in die Kühle und Stille eines mit Blumen vollgestellten Innenhofes, in dem man leises Rauschen und Plätschern wie von einem Brunnen hörte.

»Hotel du Louvre«, sagte sie und zeigte auf die glasüberdachte Empfangshalle, die wie ein Wintergarten aussah, »geh rein und frag, ob sie noch ein Zimmer frei haben.« Sie ließ sich auf einen der zierlichen Eisenstühle fallen, die zwischen den Blumenkübeln standen, und streifte die Schuhe ab. »Geh und frag schon«, wiederholte sie, als er zögerte, »dein Französisch ist besser als meines.«

Er öffnete die Tür und ging hinein, und durch das Glas hindurch konnte sie ihn mit jemandem an der Rezeption verhandeln sehen. Es dauerte so lange, daß sie mutlos den einen Schuh wieder überzustreifen begann, aber da kam er, lachte über das ganze Gesicht und ließ einen Schlüssel in seiner Hand baumeln.

»Sie sind eigentlich besetzt, aber für diese eine Nacht hatte er noch was. Ziemlich weit oben, aber das ist das, was du wolltest, ein Zimmer in einem Hotel mitten in der Stadt. Und einen Platz in der Garage krieg ich auch.«

Sie legte den Kopf zurück, um zu sehen, wie weit oben die Zimmer lagen, und erst jetzt merkte sie, woher das Rauschen und Plätschern, das sie vorhin gehört hatte, kam. Die Abwasserleitungen aus den

einzelnen Räumen führten alle außen die Wände entlang, mündeten in größere Rohre, die schließlich in
einem ganz dicken Rohr endeten, das im Boden verschwand. Das also war ihr verschwiegener Brunnen, er
rauschte nur, wenn jemand aufs Klo ging und spülte.
Sie kicherte und streifte den zweiten Schuh über.

»Auf eins läßt es jedenfalls schließen«, sagte sie und
stand auf.

»Was meinst du?«

»Es wird hier nie so kalt, daß ihnen die Wasserleitun-
gen einfrieren.«

Während er den Wagen holte, stieg sie innen die
Treppen hinauf, pausierte zwischen den einzelnen
Stockwerken, lehnte sich über das Geländer und
schätzte den Abstand zum Erdgeschoß. Das Treppen-
steigen strengte an, aber niemand hätte sie dazu bringen
können, den Fahrstuhl zu benutzen. Sie hatte Angst, in
dem kleinen, schlechtbelüfteten und schlechtbeleuch-
teten Kasten zwischen den Stockwerken steckenzu-
bleiben. Allein die Vorstellung erschien ihr grauenhaft.
Wie lebendig begraben, dachte sie, als sie endlich oben
war. Das Zimmer lag am Ende des Ganges, Dämmerlicht empfing sie, als sie aufgeschlossen hatte, und sie
ging zum Fenster, entriegelte die Läden und öffnete sie.
Tief unten lag der Hof, winzig klein schienen die Stühle
zwischen den Pflanzen, und sie beugte sich weit hin-

aus, um zu sehen, ob es eine Möglichkeit gab, durch das Fenster zu entkommen, falls ein Brand ausbrach. Es gab keine, es sei denn, sie versuchte an den Abflußrohren hinunterzuklettern, aber die würden ihr Gewicht wohl kaum aushalten. Sie seufzte, zog die Schuhe aus und legte sich aufs Bett. Sie schlief sofort ein und träumte, daß sie in einer heißen, menschenüberfüllten Stadt hinter Roger herlief, ohne ihn zu erreichen. Jedesmal, wenn sie glaubte, einen Zipfel seiner Jacke erwischt zu haben, hielt sie einen Fremden, und dieser Traum nahm sie so mit, daß sie schweißgebadet im Bett hochfuhr, als der wirkliche Roger die Zimmertür öffnete und hereinkam.

»Was hast du?« fragte er, »du bist ganz rot im Gesicht.« Er stellte die Tasche ab, ging ans Waschbekken und ließ sich kaltes Wasser über Unterarme und Hände laufen. Rot im Gesicht. In letzter Zeit passierte ihr das öfter, daß sie einmal rot und dann wieder blaß wurde. »Ich hab nichts«, sagte sie.

»Wollen wir ausgehen, in einem Restaurant essen?«

»O ja. Und vorher kaufen wir das Kleid.«

»Sicher«, meinte er gutmütig.

Sie holte aus der Reisetasche ihren Beutel, in dem sie Creme, Puder und Lippenstift aufbewahrte, und machte sich zurecht. Wie hübsch die Frauen draußen auf den Straßen alle ausgesehen hatten. Hübsch und jung, vor allem jung. Oder sah sie die anderen gar nicht mehr, die Frauen ihres Alters, die noch Älteren? Wann hatte das angefangen, daß sie mit heimlichem Neid auf diese Jungen starrte, die es einfach überall gab, im Bus, in den Kaufhäusern, im Schwimmbad? Vor vier Jahren, als sie vierzig geworden war, oder schon vorher? Mit fünfunddreißig, erinnerte sie sich, hatte sie sich selbst noch jung gefühlt, voll Selbstvertrauen und Energie. Was ein paar Jahre doch ausmachten. Sie stäubte sich Puder auf die Nase und fuhr prüfend mit der Zungenspitze über ihre Lippen, die sich rauh anfühlten. War sie nur in einer Krise oder würde es immer schlimmer werden, dieses Gefühl, unerbittlich an den Rand gedrängt zu werden, damit Platz wurde für die Neuen, Unverbrauchten, die unentwegt nachrückten. Sie hatte niemanden, der sie anziehend fand, außer Roger, der sie gern hatte, wie sie war, und der gern noch mit ihr geschlafen hätte, aber sie machte nicht mehr mit. Sie fand es geschmacklos, daß er Lust an einer Frau hatte, die so aus den Fugen ging wie sie, und sie unterstellte ihm, daß er sie nur benutzen wollte, weil sie verfügbar war. Trotzdem nahm sie es ihm übel, wenn er nicht wenigstens ab und zu den Versuch machte, sie umzustimmen.

»Bist du fertig?« fragte Roger, schon an der Tür.

Ja, sie war fertig. Draußen auf dem Gang gab es eine kleine Diskussion, weil er nicht die Treppen hinunterlaufen und sie nicht in den Fahrstuhl wollte.

»Du kannst ja fahren«, sagte sie, »mich bekommst du da nicht rein.« Nun waren sie schon so lange verheiratet, und er hatte keine Ahnung, welchen Horror sie vor Fahrstühlen hatte. Aber woher sollte er es auch wissen. All die Jahre vorher hatten sie ihre Ferien der Kinder wegen in einer kleinen Pension im Schwarzwald verbracht, in der es keinen Fahrstuhl gab. Als sie das zehnte Mal dortgewesen waren, hatte ihnen der Bürgermeister eine Urkunde überreicht: Für langjährige Treue. Roger hatte sich gefreut, aber sie war verärgert gewesen. War es nicht ein Zeichen von Phantasielosigkeit, immer wieder an den gleichen Ort zu gehen, auch wenn es einem dort gefiel? Aber dieses Jahr hatte sie sich durchgesetzt. Noch keiner ihrer Bekannten war jemals in Korsika gewesen. Und der Text des Prospektes, den man ihnen im Reisebüro mitgegeben hatte, klang verheißungsvoll: Korsika, die Insel der Schönheit und der Liebe, geschwängert von den Düften des sagenumwobenen Maquis...

Sie ließ ihn einfach stehen, wandte sich zur Treppe und lief die Stufen hinunter, und er folgte ihr kopfschüttelnd, obwohl der Fahrstuhl, den er gerufen hatte, gerade nach oben kam.

Von Avignon nach Marseille nahmen sie die Autobahn, damit sie auch ja rechtzeitig zum Hafen kamen, denn das Auto sollte noch vor Mittag eingeschifft werden.

Sie selbst würden erst am Abend fahren, mit einem anderen Schiff, die erste Schiffsreise ihres Lebens, wenn sie auch nur eine Nacht dauern sollte, und für Carola war es überhaupt die erste Begegnung mit dem Meer. Das Meer. Wie oft hatte sie sich diesen Augenblick vorgestellt, in dem sie es das erste Mal sehen würde, und so fand sie es grotesk und beinahe lächerlich, als sie kurz vor Marseille von der Karte hoch und zum Seitenfenster hinaussah, daß sie schon eine ganze Weile neben dem Meer hergefahren waren.

»Das Meer«, rief sie, »Roger, das Meer!«

Er warf nur einen kurzen Blick hinüber, viel zu sehr damit beschäftigt, sich in den jetzt in immer größerer Zahl auftauchenden Hinweisschildern zurechtzufinden.

»Meer werden wir in Korsika noch genug kriegen. Hilf mir lieber den Weg finden.« Er war nervös, hatte Angst, sich im Hafen zu verfahren und zu spät zu kommen, aber es stellte sich heraus, daß die an allen Abzweigungen angebrachten Schilder, die einen Dampfer zeigten, in den ein kleines Auto hineinfuhr, ihn bis fast in den Bauch des für sie bestimmten Schiffes schleusten. Sie nahmen nur ihre Reisetasche mit, ließen alles andere Gepäck im Auto und suchten zu Fuß den Weg zurück in die Stadt. Es war um die Mittagszeit. Ein für ihre Begriffe ungewöhnlich starker und heißer Wind fegte durch die Straßen, trieb Papierfetzen hoch und wehte ihnen Sand in die Augen, daß sie schmerzten und zu tränen begannen. Carola trug das weite Kleid, das sie am Abend vorher in Avignon gekauft hatten, und der Wind blähte es einmal hoch auf, daß sie aussah wie eine Schwangere im letzten Monat, oder preßte es ihr bald darauf wieder so eng zwischen die Beine, daß sie das Gefühl hatte, halbnackt zu sein.

Sie verließen die breite Straße, die sie ein Stück entlanggegangen waren, und bogen in eine schmale, allmählich ansteigende Gasse ein, die ihrer Meinung nach, wenn sie dieses am Hafen liegende Viertel durchquert hatte, in die Innenstadt münden mußte. Vielleicht war es auch so, aber ein großer, mitten auf dem Weg liegender Hund, der bei ihrem Näherkommen den Kopf hob und seine rotunterlaufenen Augen auf sie richtete, veranlaßte sie, in eine noch schmälere Seitengasse abzubiegen, es ging ein paar Stufen hinunter, dann wieder hinauf, durch einen Torbogen, mal rechts, mal links, und schließlich hatten sie völlig die Orientierung verloren. Abwasser lief in einer Rinne die Häuser entlang, die aussahen, als wären sie seit ihrer Fertigstellung nie mehr mit Farbe in Berührung gekommen, Wäsche flatterte hoch über ihren Köpfen an kreuz und quer über die Gassen gezogenen Leinen im Wind, an manchen Türen klebten weiße, amtlich wirkende Zettel, die Carola, die Mühe hatte, mit ihrem immer schneller laufenden Mann Schritt zu halten, an die von der Pest befallenen und gezeichneten Häuser des Mittelalters erinnerten, nur waren die Städte damals sicher wie ausgestorben gewesen, was man von dieser hier nicht sagen konnte. Außer an den Hunden, an die sie sich jetzt schon fast gewöhnt hatten und von denen hinter jeder Ecke neue auftauchten, kamen sie an Kindern aller Größen und Schattierungen vorbei, Frauen lehnten in den Hauseingängen und musterten sie, unbewegt, mit übereinandergeschlagenen Armen, ein riesiger Neger hockte im Schatten einer Mauer und rauchte einen Zigarillo. Jetzt begriff Carola endlich, warum Roger so rannte, er trug ihr ganzes, bereits in Deutschland in Francs umgetauschtes Reisegeld in einer Ledertasche an einer Schnur um den Hals. Wie ein Ochse seine Glocke, dachte sie empört, während sie schnaufend hinter ihm herkeuchte, deutlicher konnte man nicht zeigen, wo man sein ganzes Geld hatte, und dabei war das noch ein Tip des Mannes aus ihrem Reisebüro gewesen.

Dieses Viertel hier war wie ein Labyrinth, sie wußten nicht mehr, wo sie hineingekommen waren oder wie sie hinauskommen sollten, und hatte Carola zuerst nur hysterisch gekichert, so bekam sie jetzt wirklich Angst, und als sie das zweite Mal an dem Neger vorbeirannten, der bei ihrem Näherkommen grinsend hochschaute und in die Hände klatschte, als jage er Hühner, begann sie zu schluchzen. »Ich kann nicht mehr«, sagte sie, blieb stehen und lehnte sich gegen eine Wand. Auch Roger blieb stehen, und da tauchte, wie durch ein Wunder, am Ende der Gasse ein junger Mann auf, der langsam herangeschlendert kam und zwischendurch immer wieder stehenblieb, um ungerührt schmutzige Kinder, Hunde, im Wind flatternde Wäsche zu fotografieren.

Sie hängten sich an ihn, ausgepumpt und mit erfrorenem Lächeln, wenn er sich erstaunt nach ihnen umdrehte. Er führte sie tatsächlich aus diesem Viertel heraus, und Carola mußte beschämt einsehen, daß sie den Weg, bei etwas ruhigerem Blut, mit großer Wahrscheinlichkeit auch allein gefunden hätten.

Das also würde ihr von Marseille in Erinnerung bleiben, ihr Galopp durch das Hafenviertel und anschließend das endlose Wandern durch fremde Straßen, bis der zermürbende Wind sie in ein Museum trieb, wo sie den Rest des Nachmittags verbrachten. Hier endlich fand sie die Bilder, die ihren Vorstellungen entsprachen: Romantisch gekleidete Fischer, die Netze flickten, ein Meer von Segelschiffen, dichtgedrängt vor der Kulisse der Stadt, ein Markt mit Ständen, an denen Fische feilgeboten wurden.

Zurück zum Hafen nahmen sie den Bus, der in weitem Bogen das ihnen so gefährlich erscheinende Gebiet umfuhr. Nachdem sie ausgestiegen waren, folg-

ten sie einer Gruppe junger Leute, die schwer an ihren
roten Nylonrucksäcken trugen, und erreichten in ihrem Schlepptau über eine Fußgängerbrücke die Warte-
halle bei der Anlegestelle, die bis in den letzten Winkel
mit Menschen, Gepäck und Hunden angefüllt war. Die
wenigen Stühle waren längst belegt, viele saßen auf dem
Boden, einige schliefen, unbeeindruckt von dem Lärm
ringsherum. Entsetzt betrachtete Carola die unüber-
schaubare Menge.

»Fahren die alle mit?«

»Eintausendneunhundert haben Platz«, sagte Roger,
»zähl doch nach.« Er war immer noch schlecht gelaunt,
weil sie ihn am Nachmittag ein paarmal wegen seiner
Ängstlichkeit aufgezogen hatte. Als sie jetzt keine
Antwort gab, sich nur müde gegen die Glaswand, vor
der sie standen, zurücklehnte, fügte er versöhnlicher
hinzu: »Mach dir keine Gedanken. Ich hab erste Klasse
genommen, mit Zuschlag. Das heißt, daß wir eine
Kabine für uns allein haben.«

Über einen Lautsprecher wurde eine Meldung
durchgegeben, die sie nicht verstanden, aber in die
Wartenden kam plötzlich Bewegung, sie formierten
sich zu einer losen Schlange, der sich Carola und Roger
anschlossen. Es ging langsam voran, aber schließlich
kamen sie doch durch eine Tür ins Freie, liefen hinter
den anderen im Gänsemarsch über einen Steg und
landeten endlich auf dem Schiff. Das erste, was Carola

auffiel, war eine Gruppe braungebrannter Männer in weißen Uniformen, die dem sich in das Schiffsinnere wälzenden Ameisenhaufen höflich, aber doch auch leicht angewidert entgegenblickte. Ein chinesischer Steward nahm sich nach einem kurzen Blick auf ihr Ticket ihrer an, führte sie durch lange Gänge, die so schmal waren, daß gerade zwei Leute aneinander vorbeikamen, bis zu ihrer Kabine, schloß auf, machte Licht und klappte zwei Wandbetten herunter.

»Du hättest ihm etwas geben müssen«, sagte Carola, als sie allein waren.

»Meinst du?«

»Ja.«

»Nun, dann geb ich ihm eben später was.«

Sie lachte gequält. »Wie willst du ihn denn wiederfinden, in diesem Irrenhaus mit eintausendneunhundert Passagieren. Himmel, ist das hier eine Luft. Mach mal das Fenster auf.«

Er zog den Vorhang vor dem kleinen Fenster beiseite und tastete das dicke Glas ab. »Es läßt sich nicht öffnen«, sagte er.

»Nein«, sie ließ sich auf ein Bett sinken, »das ist nicht wahr.«

»Aber ja doch«, sagte er ärgerlich, »das ist doch verständlich. Vielleicht ist mal einer rausgefallen. Die müssen doch an alles denken. Außerdem gibt es einen Ventilator, siehst du?« Er zeigte an die Decke.

»Das halt ich nicht aus.« Sie preßte die Hände gegen ihre Schläfen und schloß die Augen. »Das ist wie ein Sarg, dieses Loch hier. Ich geh nach oben. Ich ersticke, wenn ich hierbleibe.« »Dann erstick doch endlich!« schrie er. »Verdammt nochmal, hab ich dich satt. Nichts paßt dir. Ich hab zweihundert Mark extra bezahlt, damit du's für die Nacht bequemer hast, und was machst du? Du meckerst. An allem hast du was zu meckern.« Er zwängte sich an ihr vorbei in den winzigen Waschraum, der gerade für eine Person Platz hatte, und knallte die Tür hinter sich zu. Sie holte aus der Reisetasche ihre Strickjacke, legte für einen Augenblick ihr Ohr an die Tür des Waschraums, ob sie etwas von ihm hörte, aber als alles ruhig blieb, nur der Ventilator an der Decke leise schnurrte, ging sie.

Die Nacht verbrachte sie auf dem obersten, den Passagieren zugänglichen Deck. In ihre Jacke gewikkelt, mit angezogenen Beinen, um die sie die Arme gelegt hatte, wartete sie den Morgen ab. Um sie herum, auf dem Boden verstreut, lagen wie Mumien die in ihre Schlafsäcke verpackten Wanderer, denen sie am Abend wahrscheinlich nachgegangen waren. Als sie gegen sechs in Ajaccio ankamen, war sie müde und durchfroren. Sie stieg die Eisentreppen bis zum Hauptdeck hinunter und wartete, bis sie im Strom der zum Ausgang drängenden Fahrgäste Roger erkannte. Sie lief wortlos hinter ihm her, erst in den Bahnhof hinein, wo er etwas fragte, und dann an die Ufermauer, an der das Schiff mit ihrem Auto, wie sie mitbekommen hatte, erst in einer Stunde anlegen würde.

Auch Roger sprach nichts. Die Reisetasche zwischen den Beinen, saß er neben ihr auf einer Kiste, die dort mit vielen anderen auf ihren Abtransport wartete, und an den Schatten unter seinen Augen erkannte sie, daß auch er nicht viel geschlafen hatte. Allmählich gewann die Sonne an Kraft, ließ das Meer glitzern und tauchte die Häuser der Stadt und die Berge, die hinter ihnen im Dunst sichtbar wurden, in ein warmes, goldenes Licht. Einige ihrer Mitreisenden, die wie sie auf ihr Auto warteten, gingen fort und kehrten mit einem dieser langen Weißbrote zurück, brachen es in Stücke und begannen zu essen. Sie wandte den Kopf ab und blickte aufs Meer, wo sich am Horizont der Umriß des Lastschiffs abzeichnete, auf das sie am Mittag des vorangegangenen Tages ihren Wagen gebracht hatten. Wie lange das her war. Sie schloß die Augen und döste vor sich hin, nahm halb im Schlaf Geräusche um sich wahr, das Knirschen von Ketten und die Zurufe einiger Männer, in einer Sprache, die wie Französisch klang, von der sie aber nichts verstand. Sie merkte, daß Roger aufstand und wegging, öffnete blinzelnd für einen Moment die Augen und sah ihm nach. Das Schiff hatte angelegt, und ein Gabelstapler fuhr gerade in seinen geöffneten Bauch.

Wenig später tippte Roger sie auf die Schulter und bedeutete ihr, ihm zu folgen. Er hatte Glück gehabt, sein Auto hatte ganz vorn gestanden, gleich hinter der Ladung, so daß er als einer der ersten an Land fahren konnte. Sie stieg neben ihm ein und lehnte sich zurück, und als sie Ajaccio hinter sich gelassen und auf der sanft gewundenen Straße in die grün und braun schimmernden Berge hineinfuhren, nahm er eine Hand vom Steuer und legte sie auf ihr Knie. »Korsika«, sagte er. Plötzlich entspannt begann sie zu weinen. Ja, sie war in Korsika, und sie war über vierzig und nicht mehr jung, und sie würde nie mehr jung sein, aber das war etwas, durch das sie durch mußte, und schließlich mußten alle da durch, wenn sie nicht vorher starben. Sie legte ihre Hand über seine und wischte sich mit der anderen die Tränen aus dem Gesicht. Aus dem Gestrüpp am Wegrand drang das helle Zirpen von Zikaden, so laut, daß es das Geräusch des Motors übertönte, würziger Geruch hing in der Luft, aus dem Wald kamen zwei kleine braungefleckte Schweine und liefen vor ihnen über die Straße.

Der Ayatollah im Gras

Das Wasser der Wiesent war grün und so wild, daß die Kajakfahrer an dieser Stelle Mühe hatten, nicht zu kippen. Sie sausten unter der schmalen Holzbrücke durch, auf der Leonie saß, und wandten ihre gischtübersprühten Gesichter nach oben, um ihr irgend etwas zuzurufen. Sie hatte die Arme über den mittleren Querbalken des Geländers gelegt und schaute, den Kopf daraufgestützt, nachdenklich zu ihnen hinunter.

Es war der erste wirklich warme Tag nach einer verregneten Woche, und es tat gut, hier in der Sonne zu sitzen, losgelöst von allem, nicht mehr als einer dieser Steine unten im Bach, irgendein Ding, das alles mit sich geschehen ließ, geschehen lassen mußte. Warum konnte sie die Gedanken nicht einfach wegfliegen lassen, oder mit dem Kopf solange gegen eine Mauer schlagen, bis nichts mehr drin war, um dann nur noch mit einem leeren und törichten Lächeln Bilder zu empfangen, ohne sie jemals wieder umsetzen zu können. Schmecken, riechen, fühlen, traurig und fröhlich sein ohne Übergang – und nie mehr würde das Vergangene sie einholen oder das Kommende ihr Angst machen können.

Mannshoch wuchs das Gras auf den Wiesen, die das Ufer begleiteten. Wo sich kleine Buchten gebildet hatten, in die man ohne Furcht vor der Strömung hineinwaten konnte, führten schmale Trampelpfade zum Wasser. Ganz in ihrer Nähe kam eine Frau, die ein weißes Tuch tief in die Stirn gebunden hatte, einen dieser Wege herunter, setzte einen Stapel Teller ab und begann sie nach und nach auszuspülen. Schwarze Zöpfe kamen unter dem Kopftuch hervor, als sie sich nach vorn beugte, um das Wasser zu erreichen. Ihr Gesicht war braun und schmal, und wie sie nun mit flinken Bewegungen die Teller drehte und wendete, erinnerte sie Leonie an eine Figur aus einem Kinderbuch, das sie sehr geliebt hatte, und das den Auszug der Söhne Israels aus Ägypten beschrieb.

Der Wind änderte seine Richtung, und sie hörte Musik, fremdländische Töne, die mit dem Rauschen des Wassers zusammengingen. Sie erhob sich und schlenderte über die Brücke auf die Seite, wo die Frau spülte und die Musik herkam, passierte einen Campingwagen und sah schließlich ein seltsames Bild. Unter den Erlen, die ihre Zweige weit herunterhängen ließen, war ein handgeknüpfter Teppich über das Gras gebreitet, so groß, daß eine ziemliche Anzahl Menschen auf ihm Platz gefunden hatte, Männer, Frauen und Kinder, die aßen und tranken oder mit verschränkten Beinen und halbgeschlossenen Augen der Musik zuhörten und sich im Takt hin- und herwiegten, bunt gekleidet, in helleren Farben als sie der Teppich hatte, dessen Grundton ein magisch glühendes Rot war. Und mitten auf dieser in das vielfach abgestufte Grün ringsum hineingesetzten Insel saß auf einem Lehnstuhl ein alter Mann. Er trug eine Art Turban, und sein langer, dünner und weißer Bart bewegte sich leicht, wenn ein Luftzug kam und ihn hochhob. Er sah aus, wie man sich Gottvater vorstellte oder Mohammed, oder wie dieser Ayatollah, der den Schah gestürzt hatte, er wirkte weise und mächtig, und dem taten die abgenagten Hühnerbeine, die er auf einem Teller zu seinen Füßen liegen hatte, keinen Abbruch. Eines der Kinder krabbelte unter seinem Stuhl durch und kam auf der anderen Seite wieder heraus. Winzig und furchtlos zupfte es den Gott an seinem Bart, wurde hochgehoben und auf ein Knie gesetzt, von wo es herablassend auf seine Spielgefährten sah. Der alte Mann begegnete Leonies Blick, sie lächelte, und er nickte ihr zu.

»Da bist du«, sagte Fred hinter ihr. »Ich hatte schon Angst, du wärst von der Brücke gesprungen. Ich habe dich doch gebeten, dort zu warten. Hier sind die Unterlagen. Was man nicht im Kopf hat...« Er keuchte vom schnellen Laufen und hielt sich die Seiten. Habe ich erst einmal unterschrieben, dachte Leonie, wird es dir recht sein, wenn ich von einer Brücke springe. Vielleicht hilfst du dann sogar nach. Wer weiß. Sie hängte sich bei ihm ein und roch vage Ellens Parfüm, dessen Duft in seiner Jacke hängengeblieben war. Ein sehr teures Parfüm, das er ihr sicher geschenkt hatte – sie hatte nie eines von ihm bekommen. Dicht nebeneinander überquerten sie die Wiese, Halme streiften sie und kitzelten ihre Gesichter, hochgeschossen nach dem langen Regen, die Rispen bereits gefüllt mit kleinen braunen Samen, die an ihren Schultern haften blieben. Sie erreichten einen breiteren Weg, der etwas oberhalb des Ufers lief, und sie ließ ihn wieder los und ging mit hochgezogenen Schultern und tief in die Taschen ihrer Jacke gesteckten Händen hinter ihm her, und wer sie zuerst in dem hohen Gras für ein Liebespaar hätte halten können, sah jetzt, wie es wirklich um sie stand, sah den Mann, der mit großen Schritten voranging, und die Frau, die trotz der Wärme zu frieren schien.

Hinter einer Wegbiegung tauchte die Mühle auf, in der noch nicht viel los war, Tische und Stühle standen in der Sonne und warteten auf Gäste, schwarze Tafeln, gegen die Umzäunung des Gartens gelehnt, kündeten von dem reichhaltigen Angebot an Kuchen und Fruchtweinen. Fred zog seine Jacke aus, hängte sie über einen

Stuhl und klatschte in gespielter Fröhlichkeit in die Hände.

»Was soll's sein?« fragte er. »Kaffee? Oder magst du lieber einen Brombeerwein? Verträgt sich das mit deinen Tabletten?«

»Kaffee«, sagte sie. Sie legte ihre Hände vor sich auf den Tisch, beobachtete das leise Zittern und versteifte die Finger.

»Kuchen?«

»Nein.«

Er ging in das Haus, um zu bestellen, und sie beugte sich vor und griff in seine Jackentaschen, fühlte Papiere, eine Zigarettenschachtel und Feuerzeug und fand schließlich ein Taschentuch, das sie an sich nahm. Er kam mit einem Tablett zurück, auf dem er eine Kanne, zwei Tassen, Milch und Zucker stehen hatte, und setzte es auf dem Tisch ab.

»Laß mich das machen«, sagte er, als sie einschenken wollte. Er hantierte ruhig, mit geschickten Händen, und sie fragte sich, wo da die Gerechtigkeit blieb. Er war es, der sie betrog, aber ihm ging es gut. Er versuchte sich ihrer zu entledigen, aber seine Hände zitterten nicht. Während sie... Sie nahm ihre Hand hoch und biß sich mit aller Kraft in den kleinen Finger, damit das aufhörte. Dieses hilflose Beben, wenn er in ihrer Nähe war, er, der sie schon lange nicht mehr liebte – vielleicht nie geliebt hatte.

»Hör auf damit«, sagte er leise und scharf, »werd um Himmels willen nicht hysterisch. Ich bitte dich.« Er schob ihr die gefüllte Tasse hin und zog die Papiere aus der Jacke, deretwegen er noch einmal zum Auto gelaufen war. »Eine Unterschrift für dies, eine für jenes«, sagte er, »warum gibst du mir nicht endlich eine Vollmacht, die mich so für dich arbeiten läßt, wie es am besten wäre.«

»Das wäre mein Todesurteil«, sagte sie. »Das wissen wir beide. Das einzige, was dich noch an mich bindet, ist mein Geld. Aber das wirst du nie bekommen. Nie.« Sie lehnte sich zurück und fühlte nach dem zusammengeknüllten Tuch, das durchtränkt war von Ellens Parfüm.

»Du mußt verrückt sein«, sagte er.

»Ach ja?« Sie warf das Taschentuch auf den Tisch. »Und was bedeutet das?«

Er beugte sich vor, nahm es mit spitzen Fingern, und das Erstaunen in seinem Gesicht war so echt, daß sie einen Augenblick wirklich unschlüssig wurde. »Es war in deiner Jacke«, sagte sie.

»Dann hat Ellen es hineingesteckt. Du weißt doch, daß sie mich anhimmelt. Ich habe bemerkt, daß sie sogar meine Zigarettenkippen...«

»Ja?«

»Nun... sie scheint sie zu sammeln. Weiß Gott warum.«

Leonie preßte die Fingerspitzen gegen ihre Schläfen und starrte auf die Tischplatte. Wenn er ein Verhältnis mit Ellen hatte, hatte sie es dann nötig, seine Zigarettenstummel zu sammeln? Aber vielleicht war auch das gelogen.

»Wir hätten sie nicht nehmen sollen.«

»Aber wir haben sie nun mal. Sie ist bei den Kundinnen beliebt. Und denk daran, daß es vor Ellen Karin war, die dich störte. Und davor Brigitte. Was willst du eigentlich? Soll ich die Stadt jedesmal nach dem häßlichsten Lehrling absuchen, nur damit du nicht eifersüchtig wirst?«

Sie sagte nichts. Auf dem Parkplatz vor der Mühle hielt ein Bus, dem eine Menge vergnügter Leute entstieg, die ausschwärmten und sich an den Tischen ringsum verteilten. Der Wirt stellte ein Radio an, und aus zwei an der Außenwand des Hauses angebrachten Lautsprechern kam Tanzmusik. Ein Wehr hatte die Wiesent hier gestaut, und so war ein kleiner See entstanden, in den ein mit bunten Glühbirnen verziertes hölzernes Podest hineinragte, auf dem getanzt werden konnte. Noch bevor sie eine Bestellung aufgegeben hatten, erklommen einige der Neuankömmlinge die drei Stufen, die dort hinaufführten, und begannen sich im Kreis zu drehen.

So hatte es auch mit ihnen angefangen, auf dem alljährlichen Ball der Friseure, dem ein Ausflug vorangegangen war, hatten sich die Witwe mit dem gut eingeführten kleinen Laden und der damals gerade arbeitslose Meister kennengelernt. Von Heirat war nie die Rede gewesen. Aber sonst...

Er breitete die Papiere aus: »Das ist der Kostenvoranschlag für die neuen Waschbecken. Ein paar Rechnungen. Der Bericht vom Gesundheitsamt. Und so weiter.« Er schob ihr alles hin, drehte sich im Stuhl, damit er den Tänzern zusehen konnte und wippte mit dem Fuß im Takt.

»Gib mir eine Zigarette«, sagte sie. Er suchte nach seinen Zigaretten, nahm eine heraus, zündete sie an und gab sie ihr. Die vertraute Geste rief ihr die gemeinsam verbrachten Abende in Erinnerung, die sie einander gegenübersitzend an ihrem Schreibtisch verbracht hatten, bei friedlichen Diskussionen, die sich um die Wirksamkeit bestimmter Haarpräparate, um die Rentabilität einer weiteren Trockenhaube, oder auch um die Wahl des nächsten Urlaubsortes bewegten. Sie überprüfte, was er ihr hingelegt hatte, unterschrieb ein paar Sachen und füllte einen Scheck aus. Er steckte ihn zu dem übrigen, ohne genau darauf zu sehen, und packte alles weg. »Wir wollen noch ein Stück das Ufer entlanggehen«, schlug er vor, »einverstanden?«

Sie ließen die lärmende Mühle hinter sich und liefen den Weg entlang, und der sanfte und goldene Nachmit-

tag begann seine besänftigende Wirkung auf sie aus-
zuüben, wie vorhin die Sonne am Bach, als sie der
Frau beim Tellerwaschen zugesehen hatte, und sie
wünschte sich ihren Kopf wieder so leer wie ein
ausgeblasenes Ei, damit sie ihrem Körper endlich geben konnte, wonach er sich sehnte – von Fred in die
Arme genommen und festgehalten zu werden, ihn zu
spüren, wie das Gras den Wind spürte. Sie riß ihre
Handtasche auf und suchte nach den Tabletten, schob
sich zwei in den Mund und schluckte sie trocken mit
einer krampfartigen Grimasse hinunter. Er beobachtete sie von der Seite. »Helfen die wirklich?«

»Ich weiß nicht.«

Er blieb stehen und nahm sie am Arm. »Hör mal
zu, Leonie, so geht das nicht weiter. Ich habe dich
nicht betrogen und ich tu's auch jetzt nicht. Aber ich
werde es sicher tun, wenn du dich nicht änderst.
Selbstmordversuche, Depressionen, deine Flucht in
die Klinik, das alles sind doch Wege, die dich immer
mehr ins Hinterland führen. Warum vertraust du mir
nicht einfach?«

»Ich werde alt«, sagte sie.

Er lachte. »Na und. Ich auch.«

Sie blickte in sein frisches rotes Gesicht, in seine
Augen, von denen das eine goldene Sprenkel hatte.
Wie konnte sie jemandem, der so aussah, erklären,
wie sie sich fühlte, wenn sie in den Spiegel sah. Ihr

Weg führte nun mal ins Hinterland – da war nichts mehr zu machen. Ihre Schönheit bestand aus ihrem Geld.

»Du bist immer noch attraktiv«, sagte er.

Bei Sonnenuntergang und im Kerzenlicht. Sie seufzte. Die Tabletten begannen zu wirken. »Ach Fred«, sagte sie. »Schon gut«, meinte er. Er führte sie weiter, und sie kamen zu einer kleinen, verlassenen Badeanstalt. Er setzte sich auf eine der Stufen, die in das Becken führten, verschränkte die Arme hinter dem Kopf und blinzelte in die Sonne. »Setz dich zu mir. Wann sollst du wieder in der Klinik sein?«

»Wie immer. Vor dem Abendessen.«

Wie friedlich es hier war. Weit und breit war niemand zu sehen. Auf der Wasseroberfläche schwammen welke Blätter, zwischen den Steinen der Umrandung wucherte Gras. Die Umkleidekabinen standen verwittert unter hohen alten Bäumen. Am Eingangshäuschen hingen noch die Tafel mit den Preisen und ein Plakat, das irgendein Sommerfest ankündigte. Um wieviel stiller wirkten doch solche Orte, die man sich sonst nur mit Leben erfüllt vorstellen konnte. Sie kniete sich neben Fred, legte ihre Arme um seinen Hals und schmiegte sich an ihn. Er strich ihr über die Haare. »So ist es gut«, sagte er, »und nun sei endlich vernünftig.« Sie roch Ellens Parfüm und hörte wie von weither seine Stimme. »Ein halbes Jahr bleibst du noch weg... wäre es da nicht wirklich besser... alles wird sonst drunter und drüber gehen... unterschreib doch... was soll ich denn schon anstellen?«

Mein Geld abheben, dachte sie. Den Laden verkaufen und mit Ellen fortgehen. »Gib her«, sagte sie.

Er ließ sie los und kramte zwischen seinen Papieren, bis er den vorbereiteten Zettel gefunden hatte. Auf ihrer Handtasche als Unterlage unterschrieb sie und fühlte sich seltsam frei und glücklich, das erste Mal seit langem. Er nahm ihr das Blatt ab, betrachtete ihre Unterschrift, blies darüber und verstaute es dann sorgfältig bei den anderen.

Ein paar hundert Meter weiter unten an der Wiesent schreckte der alte Mann im Lehnstuhl auf und strich sich über die Augen. Er mußte eingenickt sein und dabei von der fremden Frau geträumt haben, die mit ihrem Lächeln sein Herz erwärmt hatte. Eine Frau in dem Alter, das zu zeigen beginnt, woraus wir wirklich bestehen, dachte er. Eine schöne Frau.

Alle Jahre wieder

Keiner von ihnen mochte Wagner. Trotzdem beschlossen sie, da sie nun einmal in Bayreuth waren, sich Haus Wahnfried anzusehen. Sie parkten in einer stillen Seitenstraße neben einem schmiedeeisernen Gitter, das einen weitläufigen Garten umschloß. Ganz Bayreuth schien ihnen ähnlich zu sein wie dieser Garten, weitläufig, offen, behäbig – mit breiten Straßen, die viel Licht hereinließen.

Auch Haus Wahnfried ließ sich so an. Eine kurze Allee führte sie zu einem buschumstandenen Vorplatz, dessen geharkte, mit weißem Kies bestreute Wege ein Rondell umkreisten, in dem die letzten Junirosen blühten. Und aus dem weitgeöffneten Portal der Villa, zu dem eine breite Treppe hinaufführte, kam seine Musik. Schwülstig, pathetisch, aber doch irgendwie zu diesem Haus, den geharkten Wegen, der sauberen kurzen Allee passend.

Ella blieb stehen und lauschte mit halbgeschlossenen Augen auf diese Musik, bereit, sie schön zu finden, nicht an Wagner zu denken, sich einfach den Tönen zu überlassen – aber da war nichts zu machen. Diese Musik war so ohne Leichtigkeit, so schwer, so deutsch, daß Ella die Augen wieder ganz öffnete und vieldeutig lächelnd Bruno ansah, entschlossen, nun mit ihm zu lästern, was das Zeug hielt. Und sie fing gleich damit an.

»Weißt du«, sagte sie, nahm Brunos Arm und ging mit ihm auf die Treppe zu, »warum ihn so viele Leute mögen? Er erhebt sie. Er versetzt sie mit seinen gewaltigen Klängen in eine andere Welt, und keiner merkt, daß sie aus Pappmaché ist.«

»Keiner außer dir«, sagte er, drückte sie leicht an sich und stieg neben ihr die Stufen hoch.

Auch im Haus herrschte eine weihevolle Stimmung. Auf Spannteppichen gingen die Besucher nahezu lautlos umher, da gab es kein Knarren und Knarzen alter Böden, wie in den Schlössern, die sie in den letzten zwei Tagen besichtigt hatten. Mit diskreten Schildern wurden sie von Raum zu Raum geführt, Treppen hinauf und wieder hinunter, vorbei an dem in Zellophan verpackten Sterbesofa, aus dem zu viele ekstatische Anhänger Fäden gezogen hatten, vorbei an Bildern, Büsten, Baretten, bis sie sich erschöpft im Erdgeschoß wiederfanden und beschlossen, den Keller mit den Bühnenbildern auszulassen, um nach draußen in Wärme und Rosenduft zu flüchten.

Gleich hinter Haus Wahnfried schloß sich ein Park

an, mit großen, schattenspendenden Bäumen, eine grüne Märchenlandschaft, durchzogen von einem schmalen Kanal, über den sich Brücken spannten. Zwei Hunde rannten über eine Wiese, weit weg auf einem der weißen Wege zog ein Mann in einem Holzkarren ein Kind hinter sich her.

»Er gehört uns«, rief Ella, »uns und den Hunden.«

Und tatsächlich lag jetzt, nachdem der Mann mit dem Karren hinter einer Biegung verschwunden war, der Park ganz verlassen in der Mittagshitze. Sie schlenderten zu einem Kinderspielplatz und setzten sich auf eine Bank. Aus dem Papierkorb daneben fischte Ella eine weggeworfene Zeitung. »Hör mal«, sagte sie, »die Heiratsannoncen. Was es da tolle Männer gibt. Erfolgreich, dynamisch, attraktiv...« Sie sah ihn von der Seite an. »Schön bist du nicht. Erfolgreich? Na ja. Dynamisch. Bist du dynamisch?«

»Ich glaube nicht.«

»Und selbst wenn du es wärst, was hab ich davon?«

»Drei Tage im Jahr.«

»Drei Tage im Jahr, genau«, wiederholte sie verbittert, »alle Jahre wieder.« Ihre ganze Fröhlichkeit war verflogen. Sie knüllte die Zeitung zusammen und warf sie in den Papierkorb. »Warum hab ich keine Chance gegen sie?«

»Wir wollten sie doch ganz aus dem Spiel lassen«, sagte er sanft. »Hast du das vergessen?«

»Nein. Aber das ist mir jetzt egal. Ich will es endlich wissen. Ihr habt keine Kinder. Was ist es dann? Warum hab ich nur drei Tage und sie hat alles?«

»Ganz einfach. Weil sie schwächer ist als du.«

Ella lachte. »Schwächer? Wenn ich die Stärkere wäre, säße ich jetzt nicht hier, um für kurze Zeit das zu sein, was ich immer sein sollte. Mich liebst du doch, nicht sie.«

»Ja«, sagte er, »dich liebe ich. Du bist all das, was sie nicht ist, bei dir geht's mir gut, mit dir zu leben würde so vieles bedeuten. Ruhe, Anerkennung, Zärtlichkeit.«

»Und Leidenschaft«, sagte sie trocken.

»Ja«, sagte er, »auch das.«

Die zwei Hunde, vom Umherjagen müde geworden, hatten sich nicht weit von ihnen ins Gras gelagert und hoben ab und zu die Köpfe, wenn ein Geräusch ihre Ruhe störte. Allmählich füllte sich der Park mit Spaziergängern, als wäre irgendwo etwas zu Ende gegangen, ein Konzert, vielleicht ein Gottesdienst. Möglicherweise waren sie aber auch nur mit dem Mittagessen fertig und ergingen sich jetzt unter den hohen Bäumen, um hier die Kühle zu finden, die es in den Häusern nicht mehr gab.

»Es ist so schwül«, sagte Bruno, »es wird noch ein Gewitter geben.«

Sie nickte und stand auf. »Komm«, sagte sie, griff

nach seiner Hand und zog ihn hoch, »laß uns in der Stadt etwas essen. Ich hab Hunger.«

Sie verließen den Park und erstanden an einer Imbißbude gebratene Würstchen, die schon ziemlich verkohlt waren. Der Himmel begann sich einzutrüben, leichte Windstöße fegten die sonntäglich verlassenen Straßen entlang und trieben Papierfetzen vor sich her. Bruno rieb sich die fettig gewordenen Finger mit einer Serviette ab und übergab auch dieses Papier dem spielerischen Wind.

»Umweltverschmutzer«, sagte Ella. »Was macht deine Frau jetzt? Ich meine in diesem Augenblick, an diesem Sonntagnachmittag? Hat sie eine Freundin zum Kaffee da? Geht sie ins Kino? Strickt sie und hört dabei Musik? Liebt sie Wagner?«

»Nein.«

»Was tut sie also?«

»Sie sitzt da und wartet.«

»Auf dich?«

»Ja.«

»Wie schrecklich.«

»Was ist daran so schrecklich?«

»Dieses ausschließlich auf dich Fixiertsein. Du bist ihr Gefangener.«

»Sie ist eher meine Gefangene.«

»Das versteh ich nicht.«

»Ach Ella«, sagte er, »ich versteh es ja selbst kaum.

Aber es ist so. Siehst du, seit sie diese Krankheit hat, kapselt sie sich immer mehr ab. Sie läuft mit ihren Krücken in der Wohnung herum, steht an den Fenstern und sieht hinaus. Sie nennt ihre Krankheit nicht beim Namen. Sie nennt sie nur das Anderssein.«

»Das Anderssein?«

»Ja.«

Sie blieb einen Moment stehen und wandte ihm ihr schmales, junges Gesicht zu, irritiert, verständnislos. Er sprach schnell weiter: »Das Anderssein, sagt sie, entfernt sie immer mehr von ihrer Umwelt. Nur wer selbst krank ist, kann mich verstehen, sagt sie. Sie haßt inzwischen die Gegend, in der wir wohnen, die gepflegten Häuser, die Gärten ohne Unkraut. Die regelmäßig gewaschenen Autos neben den gekehrten Gehsteigen. Sie haßt die Mütter, die an unserem Haus vorbei müssen, wenn sie ihre Kinder in den Kindergarten bringen oder dort abholen. Sie weiß auswendig, was sie reden. Alles ist soweit in Ordnung. Alles läuft, wird in die Norm getrimmt. Dazugehören, sagt sie, wollen alle, das ist das Wichtigste. Sie möchte in einer Gegend wohnen, in der nachts Betrunkene randalieren, Frauen weinen, Kinder schreien. Wenn ich mit ihr in die Stadt einkaufen fahre, humpelt sie auf die am Straßenrand sitzenden Bettler zu und kippt ihnen den ganzen Inhalt ihres Geldbeutels in die Mütze.«

»O Gott«, sagte Ella, »sie ist verrückt.«

»Nicht verrückt. Kaputt. Und das weiß sie auch. Sie gibt es zu. Ihre Krankheit hat sie kaputtgemacht. Wenn ich jetzt auch noch von ihr weggehen würde ... Es geht nicht, verstehst du? Wenn sie gesund wäre ... aber so.« Er schwieg und trieb mit dem Fuß ein Steinchen vor sich her.

Von irgendwo wehten Wortfetzen bis zu ihnen. Jemand sprach durch einen Lautsprecher: »... das Tier ... der beste Freund des Menschen ... auch darum ... müssen wir ...«

Sie erreichten einen großen Platz, auf dem ein halbes Hundert Demonstranten einem Redner zuhörte, der mit weitausholenden Armbewegungen die Qualen der Versuchstiere beschrieb. Die Zuhörer waren meist Jugendliche, manche hatten Hunde dabei, ein dickes rothaariges Mädchen hielt eine Katze auf dem Arm. Es gab Transparente und Schilder mit aufgeklebten Fotos, die an irgendwelche Apparate angeschlossene Tiere zeigten. Ella blickte auf eines der Fotos, begegnete den weitaufgerissenen Augen des dort abgebildeten Affen und sah schnell wieder weg.

Sie überquerten den Platz und bogen in eine Seitenstraße ein. Sie war eng, gepflastert, mit einer Rinne in der Mitte, vor den Türen der hohen schmalen Häuser standen Kübel mit rosa und weißblühendem Oleander, und all das gab diesem behäbigen Bayreuth plötzlich einen Hauch des Südens, erinnerte an Frankreich oder

Italien, war so weit weg von Wagner, daß Bruno überrascht die Arme ausbreitete und einen erleichterten Seufzer ausstieß.

Vor einem Café standen weißlackierte Tische und Stühle, der Wind hob die Tischdecken an und versuchte sie fortzutreiben.

»Laß uns schnell hier draußen was trinken«, sagte er, »bevor es zu regnen anfängt.«

Sie setzten sich und vernahmen vom Marktplatz her die Ankündigung des Redners, daß er zum Abschluß ein Band mit den Schreien gequälter Tiere abspielen wolle. Aus dem Café kam ein junger Mann und fragte nach ihren Wünschen. Bruno bestellte Rotwein für sie beide. Es war inzwischen so kühl geworden, daß Ella auf ihren nackten Oberarmen eine Gänsehaut bekam. Bruno nahm ihre Hand. »Frierst du?« fragte er. Sie nickte. Ein Knacken und Rauschen lag in der Luft, dann kamen die Schreie. Voll aufgedreht schienen sie, gellend und langgezogen, Mauern und Häuser zu durchdringen, schwollen an und verebbten wieder, endeten schließlich mit einem Wimmern.

Der junge Mann brachte den Rotwein, und Bruno hob sein Glas, um Ella zuzutrinken. »Irgendwie geht alles weiter«, sagte er, »so oder so. Halt dich an den Augenblick, Ella, denn der gehört nur dir. Wir beide, hier an diesem Tisch, in dieser windigen kleinen Straße in Bayreuth, heute, jetzt.«

»Ist das viel oder wenig?« fragte sie.

Er trank und drehte das Glas nachdenklich zwischen den Fingern.

»Genug«, sagte er.

Die Demonstration war beendet. Ein paar der Tierversuchsgegner bogen in die schmale Gasse ein und liefen an ihnen vorbei. Weiter unten lehnten sie ihre Schilder an die Wand eines italienischen Restaurants und gingen Spaghetti essen.

Laura

War die Frau, die sie Tante nannte, die aber eigentlich nur eine Kusine ihres Vaters war, endlich auf ihrem Stuhl am Fenster eingeschlafen – und das geschah in letzter Zeit in den späten Nachmittagsstunden immer öfter, was Laura gar nicht unrecht war – schlich sie sich aus dem Haus und lief zum Friedhof hinunter. Das Haus der Tante lag nicht weit davon. Man ging durch ein paar Vorortstraßen und erreichte dann bereits die mit Platanen bepflanzte Allee, die in sanfter Neigung zum Hauptportal des Friedhofs führte und an deren Seiten unter den Bäumen Buden standen, an denen man Kerzen und Wachsblumen kaufen konnte, Blumen in vielen Größen und Schattierungen, aber in matten und blassen Farben, dem Ort angepaßt, an dem sie blühen sollten. Dieser Blumen wegen nannte Laura die Straße zum Friedhof die Wachsblumenallee, und es kümmerte sie wenig, wie sie wirklich hieß, Friedhofstraße wahrscheinlich, denn die Phantasie der Leute, die den Straßen ihre Namen geben, war ihr noch nie sonderlich groß vorgekommen.

Auf dem alten Teil des Friedhofs umherzustreifen, war wie ein Spaziergang durch einen Wald, nur daß es hier außer Bäumen und Sträuchern steinerne Kreuze und Figuren gab, Kapellen und Grüfte, überwachsen von Efeu und versteckt im Laub.

Irgendwann einmal hatte die Stadtverwaltung beschlossen, diesen Teil des Friedhofs ruhen zu lassen und der Bevölkerung als Park zur Verfügung zu stellen. Aber nur wenige machten davon Gebrauch. Wem behagte es schon, seinen Mittagsschlaf in einer Umgebung zu halten, die ständig an den großen Schlaf erinnerte? Und was nun die Kinder anging, deretwegen die Mütter meistens einen Park aufsuchen, so fühlten sie sich auch nicht sehr wohl. Man mahnte sie ständig, die Würde des Ortes zu achten, und da auch der neue Friedhof nahebei war, von dem, wenn eine Beerdigung stattfand, Musik und Trauerreden herüberklangen, durften sie nicht einmal laut schreien oder rufen, wenn sie hinter den Grabsteinen Verstecken spielten. Aber Laura liebte den alten Friedhof. Sie schurrte mit den Füßen durch das raschelnde Laub vergangener Herbste, das nie jemand weggeräumt hatte, und zu dem nun noch die welken Blätter dieses Herbstes dazukamen – jeden Tag mehr. Kehrte sie schließlich mit schmutzigen Schuhen und Strümpfen zu der Tante zurück, die hinter ihrem Fenster auf sie wartete, gab es Vorwürfe.

Der Friedhof sei kein Ort zum Spielen, meinte die Tante, die es der Stadt nie hatte verzeihen können, daß man den Teil des Friedhofs, auf dem sich auch das Grab ihrer Familie befand, der Öffentlichkeit übergeben hatte, und die sich einfach nicht mit dem Gedanken abfinden konnte, daß sie einmal weit weg von ihren Toten die letzte Ruhe finden sollte. Dachte sie bei ihren Ermahnungen an das große düstere Haus, in dem sie mit dem Kind lebte und das doch noch viel weniger Platz zum Spielen bot, mit seinen verdunkelten Zimmern, die zu betreten sie Laura verboten hatte? Und wie hätte Laura auch dort hineinkommen sollen? Die Türen waren verschlossen, und die Schlüssel dazu sicher schon längst verloren, denn die Tante wurde immer vergeßlicher, sprach manchmal halblaut Unverständliches vor sich hin oder rief sie nachts an ihr Bett, nannte sie meine kleine Antonia, und Laura wußte, daß sie damit ihre Schwester meinte, von der Laura nie etwas erfahren hätte, wären da nicht ein paar alte Fotos in einem Album gewesen und ein Karton Kleider auf dem Speicher.

Das wenige, was sie von dieser Schwester noch hatte erfragen können, hatte sie mühsam Stück für Stück der mürrischen Frau abgerungen, die jeden Tag kam, um aufzuräumen, zu waschen, zu kochen, sich aber schon weit vor Einbruch der Dämmerung wieder entfernte, als habe sie Angst, in dem Haus zu bleiben, sobald es dunkelte.

Antonia war hübsch gewesen, vergnügt, immer von Freunden umgeben in diesem Haus, das zu ihrer Zeit hell und freundlich und für alle offen gewesen war. Und warum war sie gegangen? Die Frau wußte es nicht. Lebte sie noch? Vielleicht. Kam Laura an den abgeschlossenen Zimmern vorbei, dachte sie an die Zeit, als die Türen noch offen, die Räume bewohnt waren, vertraut mit der Berührung der Menschen, die hier aus- und eingingen. Jetzt war alles starr und tot, und sogar die wenigen Zimmer im Erdgeschoß, in denen sie mit der Tante lebte, machten den Eindruck, als hätte auch sie schon lange niemand mehr betreten.

War es da ein Wunder, daß Laura entwischte, sobald sich die Gelegenheit bot? War die Tante in ihrem Stuhl am Fenster, von dem aus sie den ganzen Tag die Straße zu überwachen pflegte, eingenickt, holte sich Laura Mantel, Schal und Handschuhe von der Garderobe und verließ das Haus. Diese eine Stunde zwischen Tag und Dämmerung gehörte nur ihr, und es war wie ein Spiel – würde es ihr gelingen, zurückzukommen, bevor die Tante aufwachte, um bereits neben ihr zu sitzen, wenn sie noch schlaftrunken nach ihr tastete, oder mußte sie unter ihrem strafenden Blick die Straße herunterkommen, mit Sorge erwartet, aber, wenn sie zu ihr ins Zimmer trat, doch nur mit immer neuen Vorwürfen begrüßt. Auf dem Friedhof sei es kalt.

Nicht sehr.

Und schmutzig.

Vielleicht.

Gefährlich – weil einsam.

Hier schwieg Laura, denn einsam war sie nicht, nicht mehr, seit sie Victor kennengelernt hatte, und so zuckte sie nur mit den Schultern, um nicht zu lügen, und ging an den Schrank, der alten Frau zu holen, was sie zu besänftigen vermochte: Kandierte Früchte, Nüsse, oder kleine, in glitzerndes Papier eingepackte Bonbons.

Hätte die Tante von Victor gewußt, hätte sie ihr verboten, weiterhin zu ihm zu gehen – dessen war sich Laura sicher – und so schwieg sie. Verbarg die alte Frau ihr nicht auch manches?

Zu Victor war sie das erste Mal gekommen, als es regnete. Zwar gab es auf dem Friedhof genug Plätze, wo man sich vor dem Regen hätte unterstellen können, aber das war selbst ihr, die sonst keine Angst hatte, an diesem Tag zu unheimlich gewesen. Verlassen schienen Wege und Treppen zu sein, von den Bäumen troff das Wasser, dunkel und drohend zeigten sich die Winkel, in denen sie sonst, wenn sie sich vor Spaziergängern versteckte, Unterschlupf fand, und so hatte sie sich in den Laden am Eingang des Friedhofs geflüchtet, denn zur Tante zurück, erst kurz nachdem sie ihr entkommen war, wollte sie nicht. Der kleine Laden war leer gewesen bis auf einen Mann, der auf einer umgestülpten Kiste saß und Strohkränze flocht. Er hatte bei ihrem Eintritt nur flüchtig hochgesehen und nach einem kurzen gemurmelten Gruß weitergearbeitet, als wüßte er, daß sie nichts kaufen oder bestellen wollte, sondern nur gekommen war, um sich vor dem Regen zu schützen. Sie hatte sich ihm gegenüber auf eine Kiste gesetzt und zugesehen, wie er das Stroh drehte und preßte und schließlich mit einem Draht umwand, der es zusammenhielt. Nach einer Viertelstunde war sie gegangen, aber am nächsten Tag war sie wiedergekommen, obwohl es nicht regnete und die Luft klar und trocken war. Er erkannte sie und lächelte, und als sie sich ihm gegenüber setzte, deutete er auf eine Schachtel, und sie reichte ihm schweigend künstliche Lorbeerblätter und Blumen aus Wachs zu, die er zurechtbog und in den Kranz, den er zwischen den Knien hielt, steckte. Als er fertig war, hielt er ihn ihr zum Anschauen hin, und sie nahm ihn, betrachtete ihn und legte ihn dann zu den anderen ins Fenster.

Diesmal blieb sie länger, und den nächsten und die darauffolgenden Tage ging sie gleich, wenn sie die Wachsblumenallee heruntergekommen war, zu Victor in den Laden und vergaß den Friedhof, der sowieso immer kälter und unfreundlicher wurde, dachte, auch wenn sie noch bei der Tante war, nur an ihren neuen Freund, von dem sie nach einer Woche noch nicht mehr wußte als seinen Namen. Sie sprachen kaum miteinan-

82

der, es genügte ihnen, beisammen zu sein, und trat ein Kunde in den Laden, empfand Laura dies als eine Störung, das Vorzeigen der Kränze, das Verhandeln über den Preis erschien ihr unwürdig, als dürfe man den Toten nur Geschenke machen und nichts an ihnen verdienen, aber schließlich lebte Victor von dem Geld, das er für die Kränze bekam – und es war sicher nicht zuviel. Er hatte auf dem Ofen einen Wasserkessel stehen, dessen Inhalt immer leise kochte, und wenn er mit einem Kranz fertig war oder einen Käufer verabschiedet hatte, holte er eine Kanne und zwei Becher aus einem Regal im Hinterzimmer und goß einen bitter riechenden, aber wohlschmeckenden Tee auf, den Laura vorsichtig Schluck für Schluck trank. Eines frühen Abends aber legte er mitten in der Arbeit Stroh und Draht beiseite, stand auf und holte drei Becher.

Drei? fragte Laura, indem sie drei Finger hochhob, und er nickte und deutete zum Fenster, wo sich undeutlich gegen den trüben Hintergrund eine kleine Gestalt abhob, die zu ihnen hereinspähte.

»Bitte sie, einzutreten«, sagte Victor, und Laura öffnete die Tür und bat die Frau, denn es war eine Frau, klein, mager und in eine Strickweste gewickelt, deren Ärmel so lang waren, daß sie sie ein paarmal hatte umschlagen müssen, herein. Laura kannte sie nicht, trotzdem hatte sie das Gefühl, sie schon einmal gesehen zu haben, wie ein Schatten auf dem Friedhof umherschleichend, auf den Gräbern kauernd, geduckt hinter Bäumen und Sträuchern. Sie überließ ihr ihren Platz auf der Kiste, und die alte Frau musterte sie prüfend, bevor sie sich niederließ.

»Eine neue Freundin, Victor, was?« fragte sie und zwinkerte Laura zu. Victor bejahte und gab ihr den Becher mit heißem Tee, den sie dankend annahm und gegen ihre Wange drückte, als wollte sie sich daran wärmen.

»Du warst schon lange nicht mehr da«, sagte er, setzte sich ihr gegenüber und zog Laura neben sich, »warst du krank?«

»Wir vom Spital werden nicht krank«, sagte sie, »das weißt du doch. Wer von uns krank wird, ist schon so gut wie tot. Nein, ich hatte zu tun, du erinnerst dich?«

»Ja«, sagte er, »aber ja. Und es blieb keine Zeit, bei mir hereinzuschauen?«

»Keine Zeit. Bald ist der Boden gefroren. Keine Zeit.« Sie sagte das in so geheimnisvollem Ton, daß es Laura kalt über den Rücken lief und sie sich noch näher an Victor drängte, er aber ging nicht weiter auf die Worte der alten Frau ein, sondern blickte nur nachdenklich in seinen Becher, als könne ihm von dort die Antwort auf eine Frage kommen, die er nicht laut zu stellen wagte. Die Frau kroch in sich zusammen, schlürfte ab und zu laut an ihrem Tee, seufzte dazwischen, schüttelte sich und gab schließlich den leeren Becher an Victor zurück. Sie stand auf, aber bevor sie den Laden verließ, kramte sie in den geräumigen Taschen ihrer Jacke und brachte eine Tüte zum Vorschein, der sie ein paar zusammengeklebte Bonbons entnahm, die sie Laura in die Hand drückte.

»Wer war das?« fragte Laura, als sie weg war. Victor hatte die Arbeit an seinem Kranz wieder aufgenommen, und eine Zeitlang war nur das leise Knistern des Strohs zu hören, bevor er antwortete. »Sie ist aus dem Spital«, sagte er.

»Was meinte sie, als sie sagte, der Boden wäre bald gefroren?«

»Sie sucht ihr Grab.«

»Ihr Grab? Aber sie lebt doch noch.«

»Sicher.«

»Und was ist, wenn der Boden gefroren ist?«

»Dann kann sie nicht mehr hinein.«

»Wo hinein?«

Er legte den Kranz beiseite und hob die Hände. »Was fragst du, Laura, geht es uns etwas an? Sie kann nicht in ihr Grab.«

»Das verstehe ich nicht«, sagte Laura nach einer Pause, »warum will sie das?«

»Weil sie alt und schwach ist und bald sterben wird. Und jetzt geh nach Hause. Du bist heute später dran als sonst.« Er wußte, daß ihre Tante auf sie wartete, und auch von dem Haus, in dem sie mit ihr lebte, hatte sie ihm erzählt, nicht viel, nur daß es groß und voll unbewohnter Zimmer war, damit er besser verstand, warum sie so gern zu ihm kam.

Sie verließ ihn und lief die Wachsblumenallee hinauf, und während ihr die Bonbons der alten Frau im Mund zergingen, betrachtete sie die Frauen im Dämmerlicht ihrer Buden, wie sie da unbeweglich saßen und auf Käufer warteten, obwohl es doch schon spät war und der Friedhof bald geschlossen werden würde, und sie kamen ihr heute ebenso künstlich vor wie die Dinge, die sie feilhielten – große Figuren aus Wachs.

Von nun an trafen sie sich öfter, die kleine Alte und das Kind. Meistens saß Laura schon im Laden, wenn die andere auftauchte, sah, wie sie ihr Gesicht von außen gegen die Scheibe preßte, als habe sie Angst, jemanden bei ihnen zu finden, dem sie nicht begegnen wollte, um dann zu ihnen hereinzuhuschen wie eine Maus in ihr Loch. Von Mal zu Mal schien sie kleiner und dünner zu werden, und ihre Finger, die sie, blaugefroren und mit erdverkrusteten Nägeln, aus dem Ärmel ihrer Jacke streckte, um von Victor den Tee entgegenzunehmen, glichen immer mehr Vogelkrallen.

Sie hatte begonnen, sich mit einer hilflosen und fast rührenden Zuneigung Laura zuzuwenden, machte ihr kleine Geschenke oder erzählte ihr lustige Geschichten, die im Spital passiert waren, und so wagte Laura eines Tages die Frage zu wiederholen, die Victor ihr so unzureichend beantwortet hatte.

»Warum wollen Sie in Ihr Grab?« fragte sie.

»Oh«, sagte die alte Frau, »da ist jemand neugierig, hab ich recht? Kannst mir ja suchen helfen, wenn du willst. Ich hab dich oft auf dem Friedhof gesehen, vielleicht weißt du, wo es ist. Früher habe ich mich nie um unser Familiengrab gekümmert, bin niemals hingegangen, und das war falsch.« Sie lachte. »Jetzt, wo alles zugewachsen und verwittert ist, wie soll ich's da finden? Mit den Fingern muß ich die Erde aus den Ritzen kratzen, damit ich die Buchstaben lesen kann... und meine Augen... sie sind auch nicht mehr das, was sie einmal waren.«

»Was wollen Sie tun«, fragte Laura, »wenn Sie es gefunden haben? Niemand darf mehr dort beerdigt werden, schon lange nicht mehr. Ich weiß es von meiner Tante.«

»So? Kluges Kind. Mich können sie nicht daran hindern, weil ich mich selbst beerdigen werde.«

»Nein!«

»O ja. Der Platz in diesem Grab ist das einzige, was ich noch habe. Es ist das Grab meiner Familie, und dorthin gehöre ich. Nicht in ein Armengrab auf dem neuen Friedhof, wo meine Schwester mich gern sehen möchte. Nein. Sie wird auf den neuen Friedhof kommen – ich nicht.«

Sie war aufgestanden und neben Laura getreten. Sie strich ihr über den Kopf, und in ihren rissigen, mit

Erde beschmutzten Händen blieb das Haar hängen und kräuselte sich. »Das alles ist nichts für dich«, sagte sie leise, »geh jetzt, es ist schon spät.«

»Aber ich wollte noch...«

»Geh!« sagte sie. Sie zog sie hoch und schob sie zur Tür, und von außen hörte Laura sie mit Victor reden. Er schien ihr Vorwürfe zu machen, denn seine Stimme war lauter als sonst und hatte einen drohenden Unterton. Trotzdem konnte sie durch die geschlossene Tür nicht verstehen, was er sagte, so schlug sie den Kragen ihres Mantels hoch, drehte sich um und rannte nach Hause.

An diesem Abend ging sie früh ins Bett. Sie ließ im Dunkeln die Augen offen und wartete, bis aus dem anliegenden Zimmer, das mit dem ihren durch eine Tür, die nachts nur angelehnt wurde, verbunden war, leise und regelmäßige Schnarchtöne kamen, die ihr verrieten, daß die Tante schlief. Vorsichtig setzte sie die Füße auf den Boden und schlich hinüber. Auf dem kleinen Tisch am Fenster lag das Album, und sie nahm es und ging damit in die Küche, wo sie Licht machen konnte, ohne bemerkt zu werden. Sie setzte sich an den Tisch und schlug das Album auf, suchte die wenigen Bilder, auf denen beide Schwestern zu sehen waren, denn die Bilder, auf denen nur Antonia gewesen war, mußten herausgerissen worden sein, wie die leeren Stellen verrieten. Auf einem der letzten Fotos war

Antonias Gesicht deutlich zu erkennen, und obwohl jetzt so viele Jahre dazwischen lagen, war die Ähnlichkeit mit der kleinen Alten aus Victors Laden nicht zu übersehen. »Sie ist es«, murmelte Laura und war nicht einmal erschrocken, als sie Schritte hörte und die Hand der Tante von hinten über ihre Schulter nach dem Album griff.

»Was tust du da?« fragte sie. Laura drehte den Kopf und begegnete dem Blick ihrer hellen, fast farblosen Augen, die seltsam jung geblieben waren in dem alten Gesicht, als wäre für sie irgendwann einmal die Zeit stehengeblieben und als sähen sie immer noch die Menschen, die Bäume, die Häuser aus einer längst vergangenen Zeit.

»Ich weiß, wo Antonia ist«, sagte Laura.

»Das weiß ich schon lange.«

»Und warum holst du sie nicht zu dir?«

»Warum?« Sie nahm ihre Hand vom Album, so daß das Foto wieder sichtbar wurde, ging zum Herd, öffnete die Klappe und stocherte mit einem Holzspan in der Glut. »Wir haben uns gestritten. Den Grund habe ich vergessen, vielleicht ging es um einen Mann, vielleicht auch nur um ein Kleid. Ich will sie jedenfalls nie mehr wiedersehen.«

»Sie sagt, daß sie bald stirbt.«

»Wo hast du sie getroffen?«

»Auf dem Friedhof.«

»Ich sagte dir ja, der Friedhof ist kein Ort zum Spielen.« Sie legte Holz nach, schloß die Ofenklappe und stellte einen kleinen Topf mit Milch auf den Herd. Aus dem Schrank holte sie ein Honigglas, gab einen Löffel Honig in die Milch und rührte um.

»Aber du magst sie doch«, sagte Laura.

»Nein, ich hasse sie, hörst du, ich hasse sie.« Sie fuhr herum, den tropfenden Löffel in der Hand, und Laura erkannte, daß sie vorhin gelogen hatte, worum auch immer der Streit gegangen war, sie hatte nichts vergessen und würde nie vergessen.

»Aber du rufst doch nachts nach ihr«, sagte sie zaghaft.

»Das ist nicht wahr.« Sie nahm die Milch vom Herd und goß sie in zwei Tassen, ihre Hände zitterten, und etwas von der weißen Flüssigkeit schwappte über und floß auf den Tisch.

»Laß dich nicht von ihr beschwätzen«, sagte sie böse, »sie ist durchtrieben, ich wette, sie schenkt dir Bonbons?«

»Ja.«

»Sie streicht dir über die Haare, sie erzählt dir Geschichten?«

»Ja, ja.«

»Sie mag dich nicht wirklich, glaub mir. Sie ist gar nicht fähig, jemanden wirklich zu lieben.«

Laura schwieg. Sie beobachtete, wie sich die weiße

Oberfläche der Milch in ihrer Tasse zu kräuseln begann, bis sich eine Haut gebildet hatte. Eine Uhr tickte,
das wiederbelebte Feuer im Herd knisterte und verbrei-
tete angenehme Wärme, und über ihnen wölbte sich
das große schweigende Haus mit seinen dunklen Zimmern, von denen jedes einzelne mehr Geheimnisse zu
bergen schien als Blaubarts Kammer.

Drei Tage hielt die Tante an den Nachmittagen
krampfhaft die Augen offen und schlief nicht, aber am
vierten Tag, einem Tag, der so trüb und neblig war, daß
schon am späten Vormittag die Laternen vor dem Haus
angezündet wurden, gab sie auf. Nachdem sie kurz
nach dem Mittagessen immer wieder eingenickt war,
dazwischen erschreckt hochfuhr und sich vergewis-
serte, daß das Kind noch neben ihr saß, ließ sie, nach
dem nochmals wiederholten Befehl, ja nicht wegzulau-
fen, das Kinn schließlich endgültig auf die Brust sinken
und schlief ein.

Erleichtert stand Laura auf und trat ans Fenster. Die
Straße glänzte naß vom Regen, die wenigen Leute, die
vorüberkamen, hatten die Mantelkrägen hochgeschla-
gen und gingen schnell, als hätten sie es eilig, ins Warme
zu kommen. Sie lief leise in den Flur, schlüpfte in ihren
Mantel und verließ das Haus. Je näher sie dem Friedhof
kam, um so schneller rannte sie, und so kam sie
schließlich so atemlos in Victors Laden an, daß sie
zuerst kein Wort herausbrachte. Er bedeutete ihr, sich

zu setzen, aber sie hatte keine Ruhe, lief hin und her und blieb dann, immer noch keuchend, vor ihm stehen. »Wie geht's Antonia?« fragte sie.

Erstaunt blickte er sie an. »Antonia?«

»Ja... ich weiß jetzt, wie sie heißt und wer sie ist. Meine Tante ist ihre Schwester. War sie gestern da?«

»Nein.«

»Und vorgestern? Und den Tag davor?«

»Sie war nicht da.«

»Dann bin ich zu spät. Sicher bin ich zu spät.«

»Wozu?« fragte er freundlich. Er legte ihr die Hand auf die Schulter und zwang sie, ihn anzusehen. Sie griff in ihre Manteltasche, holte den Beutel heraus, den sie seit Tagen dort versteckt hatte, und schüttete dessen Inhalt auf den Tisch mit Wachsblumen. Es war alles, was sie besaß, und dazu kam noch, was die Aufwartefrau, ohne Fragen zu stellen, ihr geliehen hatte.

»Reicht es?« fragte sie, »reicht es für ein schönes Grab auf dem neuen Friedhof? Sie soll nicht mehr in der Kälte herumlaufen und suchen, damit sie in die Erde kann, bevor der Boden gefroren ist. Jetzt kann sie warten.«

Er nahm einige der zerknitterten Scheine auf und strich sie glatt.

»Reicht es?« drängte sie.

Er nickte und legte das Geld zurück. »Sie ist die Schwester der Frau, bei der du lebst?« fragte er.

»Ja, ja.«

»Und sie hat dir nie erzählt...«

»Was erzählt?«

Er rieb sich das Kinn und blickte an ihr vorbei zum Fenster, vor dem ein Mann und eine Frau stehengeblieben waren, um die Auslage zu betrachten. »Also gut«, sagte er, »gehen wir.« Er erhob sich, nahm seine Jacke von einem Haken neben der Tür, verließ mit Laura den Laden und schloß ab.

»Wir hätten gerne...«, sagte der Mann vor dem Fenster.

»Nicht jetzt«, sagte Victor. Er lief so schnell, daß Laura kaum Schritt mit ihm halten konnte, aber er ging nicht durch das Portal die Wachsblumenallee hinauf, wie sie gehofft hatte, sondern wandte sich in die andere Richtung, nach hinten, wo der alte Teil des Friedhofs lag.

»Gehen wir nicht zu ihr ins Spital?«

»Da war ich schon.«

»Und?«

»Sie ist nicht dort. Sie ist seit Tagen verschwunden. Viele der alten Leute dort laufen einfach weg, sagte man mir. Einige kommen wieder zurück, andere nie mehr. Also suchen sie nicht einmal.«

»Nein?« fragte sie. Ihre Stimme klang so dünn, daß er einen Moment stehenblieb und besorgt auf sie herunterblickte. Fürchtete er, sie könne zu weinen beginnen? Sie straffte die Schultern und ging weiter. Bald hatten sie den alten Friedhof erreicht. Die kahlen Bäume streckten ihre Äste in den Himmel, lautlos strichen die Vögel darüber hin, es hatte aufgehört zu regnen, und die Luft war so kalt, daß das Atmen schmerzte. Vor einem mit Efeu überwachsenen Hügel blieb er stehen. »Das ist es.« Er deutete auf den zur Hälfte umgesunkenen Stein am Kopfende des Grabes. »Lies die Namen«, sagte er, »und du wirst sehen.«

Laura stieg über den Efeu, um dem Stein näherzukommen, aber noch bevor sie ihn erreicht hatte, rutschte sie ab und sackte mit dem rechten Bein bis übers Knie in ein Loch, das unter den Blättern nicht zu sehen gewesen war.

»Victor!« schrie sie. Sie wandte ihm das blasse Gesicht zu, und er war mit einem Schritt bei ihr und riß sie hoch.

»Sie ist da drin«, schrie sie, »sie ist da drin.«

Er schüttelte sie, bis sie zu schreien aufhörte und nur noch leise schluchzte. »Wo immer sie ist«, sagte er, »es ist besser für dich. Die Frau, bei der du lebst, deine Tante... sie war verheiratet, wußtest du das?«

Laura schüttelte den Kopf.

»Nun, sie war es ja auch nicht sehr lange. Antonia hat ihr den Mann abspenstig gemacht, und er starb kurz darauf. Auf sehr merkwürdige Weise.« Er nahm Laura in die Arme und wiegte sie behutsam wie ein kleines

Kind. »Was wäre geschehen, wenn sie ihr auch deine Liebe gestohlen hätte.«

»Aber ich liebe sie doch gar nicht. Ich habe sie nie gemocht, und sie mich auch nicht.«

»Wie willst du das erkennen«, sagte er. Er ließ sie los und beugte sich über das Grab, um den Efeu zurechtzuschieben, daß er wieder eine einheitliche grüne Fläche bildete.

»Es ging ihr nicht um das Grab«, sagte er, mehr zu sich als zu Laura, »es ging ihr nur um ihn.«

»Ist er...« fragte sie, »ist er da drin?«

»Ja.«

Es dämmerte, ein Windstoß fuhr durch das welke Laub unter den Bäumen, daß es raschelte. Drüben auf dem neuen Friedhof wurden die roten Lichter sichtbar, die die Leute an Allerseelen auf die Gräber gestellt hatten und die immer noch brannten. Ein schwarzer Vogel hüpfte über den Weg und verschwand hinter einem Busch.

Blindekuh

Olga kroch tiefer in ihren Pelzmantel und hielt ihn mit beiden Händen am Hals zusammen. Dabei hatte Jakob die Heizung voll aufgedreht. Aber sie kam einfach nicht dagegen an – ihr war in letzter Zeit ununterbrochen zu kalt. Sie fror ausdauernd und mit Hingabe, egal wo sie war, in ihrem Bett nicht weniger als auf einem zugigen Bahnhof. Das Ganze hatte vor ein paar Wochen angefangen, kurz nach Weihnachten, und sie hatte alles, aber auch wirklich alles probiert, das Problem in den Griff zu bekommen. Angorawäsche, nicht gerade sehr kleidsam, wie sie fand, hatte ebensowenig zu helfen vermocht, wie die beiden reizenden silberziselierten Handwärmer, die Jakob bei einem Trödler entdeckt und für sie gekauft hatte. Glühwein und Punsch machten sie nicht warm, sondern nur betrunken, ihr Hausarzt verschrieb ihr Kreislaufmittel und war ratlos. Ihre Mutter schickte ihr einen Topf mit Gänsefett zum Einreiben, und ihre Schwester riet ihr, täglich eine Viertelstunde eiskalt zu duschen. Beides Methoden, die sie ablehnte.

»Schlimm?« fragte Jakob. Er nahm die rechte Hand vom Steuer und legte sie einen Moment auf ihr Knie. »Wir sind bald dort. Und du glaubst wirklich, daß die dir helfen können?«

»Claire ist sich da ganz sicher«, sagte sie. Claire war ihre Freundin und Claire hatte gemeint, daß ihr Frieren wahrscheinlich ein seelisches Problem war. Du brauchst keine Wärmflasche, sondern einen guten Psychologen, hatte Claire gesagt und ihr gleich jemanden empfohlen. Und da saß sie nun im Auto neben Jakob und fuhr an diesem kalten Februarnachmittag irgendwohin aufs Land, wo Claire sie und Jakob fürs Wochenende angemeldet hatte.

Die Straße folgte einem kleinen Fluß, verließ ihn dann und schlängelte sich zwischen sanften schneebedeckten Hügeln von Dorf zu Dorf. Ein seltsam fahles Licht lag über dem Land, Licht, das von dem Schnee ausging und von dem grauen Himmel eingesogen wurde, als stünde heute die Welt auf dem Kopf. Es war ein Tag nach Altweiberfasching, und so waren in den Dörfern Wäscheleinen über die Straße gezogen, an denen bunte Fetzen hingen. Ab und zu huschten ein paar vermummte Kinder von Tür zu Tür und bettelten um Süßigkeiten.

»Das letzte Dorf, die letzte Kneipe«, sagte Jakob, »wie wär's mit einem kleinen Schluck zur Aufmunterung?«

»Schon recht«, sagte sie. Er hielt neben einem Schneehaufen am Straßenrand und half ihr beim Aussteigen, damit sie nicht ausrutschte.

»Danke, Jakob«, sagte sie, »das ist lieb. Ich finde das überhaupt sehr anständig von dir. Ich meine, daß du das alles mitmachen willst. Du bist schließlich völlig in Ordnung.«

»Es wird mir auf keinen Fall schaden«, meinte er. Er schloß den Wagen ab und ging neben ihr auf die Wirtschaft zu, einen halben Kopf kleiner als sie, aber so drahtig in seinen Bewegungen, daß er damit seine etwas unter dem Durchschnitt liegende Körpergröße wieder voll ausglich. Er stieß die Tür auf und atmete tief das Gemisch aus warmer Luft und Rauch und den Geruch abgestandenen Bieres ein, ein Klima, in dem er sich sofort wohlfühlte. Das kam wohl daher, daß er die Woche über in dieser Art Wirtshäuser essen und schlafen mußte, sein Beruf als Vertreter einer großen Weinfirma ließ ihm da keine andere Wahl.

Er legte seinen Arm um Olgas Hüfte und schob sie zu einem Tisch nahe der Theke, an dem schon ein paar Leute saßen.

»Hallo«, sagte er, »dürfen wir?« Er drückte sie mitsamt ihrem Pelzmantel neben einen dicken Mann auf die Bank, entledigte sich seines Paletots und setzte sich ihr gegenüber. Das hier war seine Welt. Olga lächelte etwas gequält und entschuldigte sich bei dem

Mann, der gerade hatte trinken wollen und sich, weil sie ihn versehentlich angestoßen hatte, den Jackenärmel bespritzt hatte.

»Macht nichts«, meinte er, beäugte sie von der Seite, fand sie hübsch und wohlriechend und gab diese Feststellung mit einem kurzen Augenzwinkern an Jakob weiter, der sie mit einem freundlichen Grinsen aufnahm.

»Darf ich die Anwesenden zu einem Gläschen einladen?« fragte Jakob, und ohne lang eine Antwort abzuwarten, winkte er dem Wirt und bestellte eine Flasche Krähenblume, seine Lieblingssorte, ein saures Getränk, das erst nach dem zweiten oder dritten Glas schmeckte, sich aber dann so ins Zeug legte, daß man mit dem Trinken nicht mehr aufhören wollte.

»Ein Wein für Kenner«, erklärte Jakob, als die Flasche kam, schüttelte sich begeistert nach dem ersten Schluck, und beobachtete gespannt die Gesichter seiner Gäste. Außer Olgas Banknachbar gehörten noch zwei Männer und eine Frau mit zur Runde, alle in mittlerem Alter, so wie sie auch, und alle nicht mehr ganz nüchtern, was wohl auch der Grund war, daß sie den Wein gar nicht so übel fanden.

»Woher wußtest du, daß er diese Sorte am Lager hat?« fragte Olga.

»Ganz einfach, ich selbst hab ihm vor einigen Wochen ein paar Flaschen aufgeschwatzt.«

»Aber das ist doch nicht deine Route?«

»Nein?« fragte er erstaunt. »Na, dann muß ich wohl so vorbeigekommen sein. Trink altes Mädchen, er wird dir guttun.«

Sie trank gehorsam, fühlte wieder diese schreckliche Kälte in sich hochkriechen und mußte alle Kraft zusammennehmen, um nicht mit den Zähnen zu klappern. Die Knie fest zusammengepreßt, wartete sie ergeben, bis Jakob Lust hatte, weiterzufahren, bekam kaum mit, was am Tisch geredet wurde und horchte erst auf, als die andere Frau schrill lachte und rief: »Was, zu den Körnerfressern wollt ihr? Weswegen?«

Jakob zeigte zu Olga hinüber. »Probleme«, sagte er.

Die Frau blickte Olga mitleidig an. »Wechseljahre?« fragte sie. Olga schüttelte erschrocken den Kopf.

»Was dann?«

»Ich weiß nicht«, sagte sie leise.

»Ihr geht es einfach zu gut, das ist es«, meinte Jakob, »sie hat keine Kinder, sie muß nicht arbeiten, ich bin nur am Wochenende da, also hat sie einfach zuviel Zeit, um darüber nachzudenken, wie gut es ihr geht. Das ist ihr Problem.«

Olga sah ihn an und öffnete den Mund, als wolle sie etwas sagen, aber unter seinem spöttisch herausfordernden Blick blieb sie lieber stumm.

»Die Rechnung, Herr Wirt«, sagte Jakob, »wir müssen weiter, bevor es dunkel wird.« Er zahlte und verabschiedete sich von seinen neuen Freunden, versprach, vorbeizukommen, wenn ihm die vegetarische Kost, die ihn bei den Psychologen erwartete, nicht behage, und zündete sich draußen noch schnell eine Zigarette an. »Du weißt ja, was auf dem Wisch steht, den Claire uns gegeben hat. Kein Alkohol, kein Nikotin, kein Koffein. Und in zehn Minuten sind wir dort.«

Olga kramte im Auto Claires Zettel aus ihrer Handtasche und las ihn noch einmal halblaut durch:

Erfahrene Psychologen nehmen sich ihrer an.

Wir helfen Ihnen, Körper und Seele neu zu entdecken.

Die Mahlzeiten werden von uns gestellt, Gemüse und Obst sind aus eigenem Anbau.

Bitte verzichten Sie während des Kurses auf Genußmittel jeder Art.

Dann kam der Preis, der Olga zu dem schuldbewußten Satz veranlaßte: »Für das Geld hätten wir in das beste Hotel gehen können. Mit Vollpension.«

»Hätten wir«, sagte Jakob. Er pfiff vergnügt vor sich hin, während er mit Schwung die letzten Kurven nahm. »Das muß es sein.«

Sie waren auf einer Hochebene angelangt, über die ein kalter Wind strich, der die wenigen Bäume zauste, die sich längs der Straße bis zu einem im Schnee wie versunkenen Gebäude erstreckten, das aussah, als läge es am Rand der Welt.

»Es muß ein altes Gutshaus oder so was sein«, meinte Jakob, »ein neuer Anstrich könnte ihm nicht schaden.«

Sie fuhren an dem langgestreckten Gebäude mit den vielen kleinen Fenstern vorbei, bogen um eine Ecke und kamen in einen Hof, der auf einer Seite vom Haupthaus begrenzt wurde, sonst aber ganz von Ställen und einer Scheune umgeben war. Es gab einen großen, in der Kälte dampfenden Misthaufen unterhalb einer Galerie, die oben an einem der Ställe entlangführte, den man aufgestockt hatte, um ein paar Gästezimmer einzurichten. Auf dem zermatschten Schnee standen bereits ein paar Autos, Jakob parkte daneben und stieg aus. Aus dem Kofferraum holte er ihre Reisetaschen und ging, Olga im Schlepptau, gemächlich auf das Portal des früheren Gutshauses zu.

»Wenn wir unser Zimmer da oben kriegen«, er deutete mit dem Kinn zur Galerie hoch, »haben wir Landluft noch und noch.«

Mit dem Ellbogen stieß er einen Flügel der Tür auf, hielt ihn für Olga offen und ließ ihn hinter ihr wieder zufallen. Sie befanden sich in einem gefliesten Gang, der von einer einzigen Glühbirne beleuchtet wurde, die am Kabel von der Decke hing und jetzt im Luftzug, den sie durch das Öffnen der Tür verursacht hatten, beim Hin- und Herschaukeln groteske Schatten warf.

Rechts und links waren jeweils zwei Türen, im

Hintergrund führte eine Treppe nach oben. An der Seite stand ein einfacher Holztisch, auf dem Papiere lagen, und auch an die Wand darüber waren Papiere gepinnt. Jakob stellte die Taschen ab und begann zu lesen:

Wir erwarten von unseren Gästen Mithilfe im Haushalt, wie Spülen, Putzen usw.

Wer mag junge Katzen? Abgabe kostenlos. Fragt Gabi.

Der nächste Schwitzkurs ist am ...

Er lachte, beugte sich vor und las nun nur noch für sich.

»Vielleicht wäre das das Richtige für dich gewesen«, sagte er, als er fertig war, »sie setzen sich in ein Zelt, überschütten heiße Steine mit kaltem Wasser und schwitzen im Dampf ihre Probleme einfach aus.«

»Sauna«, sagte Olga.

»So ist es.« Er klopfte an eine der Türen und öffnete sie.

»Jemand da?« rief er.

»Ich komme«, sagte eine Stimme. Eine hochgewachsene junge Frau kam in den Flur und gab ihnen die Hand. »Gut, daß Sie da sind, Sie sind die letzten. Ich zeige Ihnen Ihr Zimmer und dann fangen wir gleich an, denke ich. Ich bin Beatrice. Wir sprechen uns während des Wochenendes mit den Vornamen an und sagen du zueinander. Jakob und Olga, hab ich recht?«

»Absolut«, sagte Jakob.

Sie sah ihn aus kühlen grauen Augen an, wandte sich dann aber gleich wieder ab und ging ihnen voran über den Hof, am Misthaufen vorbei, die Treppe zur Galerie hinauf. Sie stieß die Tür zu einer der Kammern auf und trat zur Seite, um sie vorzulassen. Eine Mönchszelle hätte nicht spartanischer eingerichtet sein können. Auf dem Boden lagen zwei mit Stroh oder ähnlichem Material gefüllte Matratzen, ansonsten gab es nur noch einen Stuhl und ein paar Haken in der Wand, um die Kleider daran aufzuhängen. Am meisten aber erschreckte Olga, daß sie nirgendwo einen Ofen oder eine Heizung entdecken konnte. Als habe Beatrice ihre Gedanken erraten, sagte sie: »Direkt darunter ist der Stall mit den Kühen. Das gibt eine wunderbare natürliche Wärme. Ihr habt doch Schlafsäcke dabei?«

»Nein«, sagte Jakob.

»Das ist dumm. Das hätte Claire euch sagen sollen. Na gut, ich werde sehen, ob ich was auftreiben kann. Die Toilette und der Duschraum sind im Haus drüben. Ihr kommt dann, ja?«

»Wohin?«

Sie zeigte über den Hof, wo im ersten Stockwerk des Hauses die Lichter angegangen waren, so daß die vielen kleinen Fenster anheimelnd und tröstlich ihr gelbes Licht auf den schmutzigen Schnee warfen. »Wir treffen uns im großen Saal.«

Sie hatten sich umgezogen – Trainingsanzüge – wenigstens das hatte Claire ihnen gesagt, und mußten nun noch vor der Tür zum großen Saal ihre Schuhe ausziehen. Sieben Paar Schuhe standen schon da, zählte Olga schnell, drei Männer, vier Frauen, und so drehten sich ihnen auch, als sie eintraten, sieben Gesichter entgegen. Sieben Personen saßen, mehr oder weniger geschickt, mit gekreuzten Beinen auf dem Boden. Sie saßen im Kreis um einen Leuchter mit brennenden Kerzen und wirkten ängstlich und erwartungsvoll, Kindern ähnlich, die auf den Nikolaus warten, den Knecht Ruprecht aber nicht ausschließen können. Olga und Jakob murmelten eine Begrüßung und ließen sich auf den hellgrauen Teppichboden nieder, mit dem der ganze Raum ausgelegt war. Die Wände waren weiß gekalkt, die Vorhänge an den Fenstern, jetzt zugezogen, aus naturfarbenem Nessel. Es gab keine Bilder, keine Möbel. Und es war kalt. Verzweifelt sah Olga sich um. Hier war schließlich kein Kuhstall darunter, und so entdeckte sie auch zu ihrer großen Erleichterung in einer Nische einen kleinen gußeisernen Ofen, der wahrscheinlich erst entzündet worden war, und es noch nicht geschafft hatte, den Raum zu erwärmen.

Beatrice, die kurz nach ihnen gekommen war, setzte sich jetzt in die Mitte neben den Leuchter, schloß die Augen, legte die gefalteten Hände an die Stirn und blieb einige Minuten so. Olga spürte, wie ihr die Füße einschliefen. Schließlich öffnete Beatrice die Augen wieder, richtete den Blick direkt auf sie und sagte: »Olga, fangen wir mit dir an. Warum bist du hier?«

»Weil ich friere«, sagte Olga. Ein Mann rechts von ihr lachte, hörte aber sofort wieder damit auf und senkte schuldbewußt den Kopf.

»Und warum frierst du?« fragte Beatrice sanft.

»Das weiß ich nicht, das ist es ja«, sagte Olga. »Ich glaube, ich würde sogar im Sommer frieren. Ich würde auf Mallorca frieren, in der Sauna und auf einem Kachelofen. Ich friere einfach.«

»Hast du Probleme, Olga?«

»Nein.«

»Doch. Du hast ein Problem, das du nicht zuläßt. Und dein Körper hat es jetzt auf sich genommen, dich darauf hinzuweisen. Solange, bis du es angehst und dich damit auseinandersetzt. Verstehst du das, Olga?«

»Ja.«

»Wir alle werden dir helfen. Karl!«

Der Mann neben Olga, der gelacht hatte, fuhr zusammen. »Ich hab einen Tick«, sagte er, »mein Auge zuckt immer so... so komisch. Ich kann das nicht steuern, es ist furchtbar peinlich, wenn ich mit jemandem rede, und er guckt nur auf mein Auge und wartet, bis es wieder...«

»Du bist nervös, du mußt ruhiger werden. Wir werden Übungen miteinander machen, die dir mehr innere Ruhe geben. Du wirst die Übungen zu Hause regelmäßig weitermachen, und die Sache wird sich legen.«

»Danke«, sagte Karl demütig.

Es stellte sich heraus, daß die Frauen Sorgen mit den Kindern, dem Alkohol, mit der im Haus lebenden Verwandtschaft hatten. Eine, die Jüngste, hatte Angst vor dem Leben. Von den beiden übriggebliebenen Männern fürchtete der eine seinen Vorgesetzten, der andere wollte mit dem Rauchen aufhören. Und Jakob?

»Mein Problem ist, daß meine Frau friert«, sagte Jakob. »Ich fühle mich irgendwie schuldig.«

Es klang hinterhältig, wie er es sagte, aber außer Olga schien das keiner zu merken. Beatrice legte wieder beide Hände an die Stirn und versank in Schweigen. Die Kerzen flackerten in einem kaum wahrnehmbaren Luftzug, der von einem der Fenster kam. Aus dem gefliesten Gang unten hörte man das Geräusch von Schritten. Irgendwo roch es nach Kohl. Beatrice ließ die Hände sinken und sah sie reihum an. »Das genügt für heute«, sagte sie. »Morgen fangen wir richtig an. Wir essen jetzt gemeinsam zu Abend und gehen dann gleich auf unsere Zimmer. Kein Nikotin, kein Alkohol, keine Drogen, keine Liebe. Einverstanden?« Sie wartete die mehr oder weniger laut gemurmelte Zustimmung gar nicht erst ab, erhob sich geschmeidig und graziös und ging zur Tür, während die anderen langsam auf die Beine kamen, sich seufzend die Knie rieben oder mit beiden Händen den Rücken abstützten, der ihnen vom ungewohnten Sitzen steif geworden war. Draußen schlüpften sie in ihre Schuhe und stiegen die Treppe hinunter. Eine Tür stand offen, aus der auch der Kohlgeruch kam, und sie schoben sich nacheinander in eine große Küche, wo an einem langen Holztisch für sie gedeckt war. Am Herd stand ein junger Mann, der in einem Topf rührte, ihnen aber, als sie eintraten, den Kopf zuwandte und seine vorstehenden Zähne entblößte.

»Das ist Walter«, erklärte Beatrice. »Wir sind über das Wochenende nur zu zweit, die anderen sind auf einem Seminar. Deshalb wäre es nett, wenn ihr morgen zwischen unseren Übungen im Stall helfen würdet. Ganz abgesehen davon, daß es auch so eine Art Therapie sein kann, mit den Händen einfache Arbeiten auszuführen. Im Sommer würde ich euch alle in den Garten schicken. Eine Stunde Hacken und Unkrautjäten ist das beste Mittel gegen Depressionen, Schlaflosigkeit, nervöse Störungen.«

Unwillkürlich betrachtete Olga Beatrices Hände und fand sie wohlgepflegt, ohne die Spuren, die Gartenarbeit und Stallausmisten unweigerlich hinterlassen. Aber vielleicht trug sie Handschuhe oder hatte diese Art Therapie nicht nötig. Sicher waren immer genug Leute da, die es als Offenbarung ansahen, einmal eine

Mistgabel in der Hand zu halten. Sie setzte sich zu den anderen an den Tisch und bekam von Walter eine Kelle Kohlsuppe in den Teller. Die Suppe war heiß, das war ihr größter Vorzug – anschließend gab es Grünkernküchlein und Kartoffeln, für jeden ein Küchlein und zwei Kartoffeln. Bei den Getränken konnte man wählen: Brennessel – oder Rote Betesaft. Die meisten entschieden sich für den letzteren, wahrscheinlich der Farbe wegen, die an Rotwein erinnerte. Das Essen wurde weitgehend schweigend eingenommen, eine Uhr an der Wand tickte, zwischen ihren Füßen strich eine Katze herum und rieb sich an den Beinen derjenigen, deren Geruch ihr behagte.

Während Olga sich mit den anderen Frauen anschickte, das Geschirr einzusammeln und zu spülen, sprach Jakob mit Beatrice und erklärte ihr, daß er noch auf einen Sprung ins Dorf müsse. Olga hoffte inständig, daß Beatrice ihn gehen ließe. Er brauchte seine Zigaretten und seinen Schlummertrunk am Abend. Aber Beatrice ließ ihn nicht nur gehen, sondern bat ihn, sie mitzunehmen, sie habe mit dem Wirt etwas zu besprechen. Armer Jakob, dann würde wohl aus dem Schlummertrunk doch nichts werden. Olga hob bedauernd die Schultern und lächelte ihm zu. Vielleicht konnte er sie auch überlisten. Jakob mochte alles mögliche sein, aber dumm war er nicht.

Es schien ihr schon ziemlich spät zu sein, als sie das Auto in den Hof fahren hörte. Sie hatte noch kein Auge zugetan. Obwohl sie mit dem Trainingsanzug in den Schlafsack gekrochen war, den Walter ihr gegeben hatte, und noch ihren schweren Pelzmantel darübergelegt hatte, fror sie erbärmlich, und diesmal sicher nicht nur, weil sie ein ungelöstes Problem hatte. Es war wirklich lausig kalt. Sie horchte auf das Gepolter von Jakobs Stiefeln, als er die Treppe zur Galerie hochkam. Nach dem Lärm zu schließen, den er machte, hatte er gewaltig geladen, so sehr, daß es nicht einmal dieser heiligmäßigen Beatrice entgangen sein durfte. Er riß auch prompt zuerst die falsche Tür auf, wurde jedoch sofort mit einem gezischten: »Aber, aber«, vertrieben und landete schließlich bei ihr.

»War's schön?« fragte sie unter ihrer Vermummung hervor.

»Absolut«, sagte er. Das schien jetzt wohl sein Lieblingswort zu werden. Sie seufzte und drehte sich in ihrem Schlafsack auf die andere Seite.

Nach dem Frühstück, das aus frischer Milch und Vollkornzwieback bestand, verschwanden die Männer im Stall, während die Frauen in der Küche Gemüse putzten und das Mittagessen vorbereiten halfen. Das alles geschah unter Walters Anleitung, Beatrice tauchte erst zum Essen auf, blaß und gesammelt, bereit, sie alle im Lauf des Nachmittags mehr oder weniger zu sich selbst zu führen – wie sie es nannte. Sie machte Atemübungen, Yoga, Meditation mit ihnen, und tatsächlich gelang es ihr einen nach dem anderen zu knacken. Bis auf Olga. Olga fror und hörte und sah zu, wie jeder zu heulen anfing und seine Ängste und Sorgen, den ganzen aufgestauten Frust hemmungslos vor Fremden bloßlegte, und dabei beteuerte, wie gut das täte, einmal über alles reden zu können und zu sehen, daß es anderen auch nicht besser ging. Gegen Abend, als alle ausgeheult und ziemlich erschöpft waren, begannen sich ihre Blicke mißtrauisch auf Olga zu richten. Daß Jakob schwieg, fanden sie in Ordnung, er war schließlich nur ihretwegen mitgekommen, aber daß sie so ganz und gar stumm blieb, empfanden sie als Vertrauensbruch. Schließlich hatte doch jeder von ihnen... Beatrice sah das auch so. »Du hast kein Vertrauen, Olga«, sagte sie. »Du hörst dir alles an und gibst nichts preis. Das ist unfair.«

Die anderen nickten zustimmend.

»Wenn ich doch nichts zu sagen habe«, meinte Olga.

»Ich glaube, du hast uns sehr viel zu sagen. Aber da du bis jetzt nur durch deinen Körper dein Problem, was auch immer es sein mag, hast mitteilen können, werde ich versuchen, dich über deinen Körper zu erreichen. Ich verbinde dir jetzt die Augen und führe dich durch das Haus, den Hof, die Ställe. Du bist mir ausgeliefert und mußt mir vertrauen. Ja?«

»Wenn's sein muß«, sagte Olga ergeben, »bitte.«

Sie zog erst vor der Tür ihre Schuhe und den Mantel an, bevor Beatrice ihr ein Tuch um den Kopf band. So gründlich, daß wirklich kein bißchen Licht mehr durchschimmerte, und Olga blind und hilflos ins Leere tappte, bis Beatrice ihre Hand ergriff und sie führte. Es lag eine Ewigkeit zurück, daß sie auf Kindergeburtstagen Blindekuh gespielt hatte, und so war es für Olga ein seltsames Gefühl, treppauf, treppab geführt zu werden, mit der freien Hand über rissige Wände oder das Holz einer Täfelung zu tasten. Sie roch in der Küche, was es zum Abendessen gab, spürte im Hof die frische Luft und erschrak, als das Geländer an der Galerie, über die Beatrice sie führte, unter ihren Händen nachgab.

»Es ist morsch«, sagte Beatrice, »aber ich bin da und halte dich.« Sie verstärkte den Druck ihrer Hand und zog Olga nun fast hinter sich her, bis sie mit ihr auf einem Scheunenboden gelandet war, sie dort in einen Heuhaufen drückte und ihr das Tuch abnahm. Olga sah sich blinzelnd um. Sie saßen wie in einem Nest, staubige Balken und Sparren dicht über sich, das Gurren von Tauben nahebei. Beatrice kauerte etwas tiefer und hielt ihr aufmerksam das Gesicht zugewandt.

»Na?« fragte sie.

»Was na?«

»Nun red doch schon.«

»Ändert sich was, wenn ich drüber rede«, sagte Olga.

»Warum nicht. Reden befreit, das ist das eine. Und zum zweiten kann ich dir vielleicht doch helfen. Um was geht es also?«

Olga griff sich ein bißchen Heu, rieb es zwischen den Fingern und hielt es sich unter die Nase. »Jakob betrügt mich«, sagte sie. »Er betrügt mich, wo er geht und steht, jetzt sogar mit meiner besten Freundin.«

»Claire?«

»Claire. Sie war ja schon ein paarmal hier. Ich wette, sie ist auch nur hergekommen, um sich auszuheulen. Weil die Sache sie genauso belastet wie mich.«

»Ich darf nichts sagen.«

»Das will ich gar nicht. Ich weiß es auch so. Er hat sie wahrscheinlich jedesmal hergefahren und dabei gleich die Gelegenheit benutzt, dem Wirt im Dorf seinen Wein zu verkaufen. Jakob ist ein Meister im Koordinieren.« Sie roch an dem Heu und schwieg.

»Und?« drängte Beatrice.

»Ich dachte: Olga, reg dich nicht auf, Jakob war immer schon hinter anderen Röcken her, und jetzt ist es eben Claire. Bis auf das Wissen darum hat sich ja nichts geändert. Jakob ist wie immer, besorgt, liebevoll, er denkt nicht dran, sich scheiden zu lassen. Und mir geht es gut. Ich hab die hübsche Wohnung, die ganze Woche meinen Spaß, ich geh zum Friseur, ins

Café. Ich treff mich mit meinen Freundinnen. Am Wochenende ist Jakob da und verwöhnt mich. Also Olga, sagte ich zu mir, hör auf zu weinen, pudere dir die Nase und sei vergnügt.«

»Und warst du vergnügt?«

»Aber sicher. Soweit man es bei dieser Friererei sein kann.«

»Armes Mädchen«, sagte Beatrice. Sie breitete die Arme aus und zog sie an sich, und Olga, die sich zuerst sperrte, gab schließlich nach, drückte ihr Gesicht an Beatrices Schulter und weinte, bis sie nicht mehr konnte. Danach richtete sie sich auf, schneuzte sich energisch und zupfte ein paar hängengebliebene Halme aus ihrem Pelzmantel. Auch Beatrice hatte sich erhoben. Auf dem dämmrigen Dachboden standen sie einander gegenüber und sahen sich verlegen an, bis Olga zu lachen begann und Beatrice leicht mit dem Ellbogen in die Seite stieß. »Danke«, sagte sie.

Als sie hinunterkamen, war zu Olgas großer Erleichterung die Gruppe aufgelöst, die Männer waren wieder im Stall, versuchten die Kühe zu melken und fuhrwerkten mit der Mistgabel herum, die Frauen deckten den Tisch fürs Abendessen. Olga schlich an der offenen Küchentür vorbei und schloß sich im Waschraum ein. Sie tauchte einen Handtuchzipfel in kaltes Wasser und rieb sich damit übers Gesicht, bis alle Tränenspuren beseitigt waren. Aus ihrer Manteltasche holte sie eine kleine Puderdose und einen Lippenstift und machte sich ein bißchen zurecht. Draußen klopfte jemand an die Tür. »Sofort«, rief sie. Sie zog an der Spülung, wartete noch ein bißchen und öffnete dann. Es war Jakob. »Alles in Ordnung?« fragte er.

»Aber ja.«

»Was habt ihr denn so getrieben?«

»Wir sind herumgegangen. Hin und her. Treppauf, treppab.«

»Sonst nichts?«

»Sonst nichts.«

»Und hat's dir gutgetan?«

»Ich glaube schon.«

Zusammen betraten sie die Küche und setzten sich zu den anderen. Beatrice war schon da und verteilte die Suppe. Hirsesuppe. Danach gab es für jeden eine gedünstete, mit Spinat gefüllte Tomate, diesmal mit drei Kartoffeln. Anschließend gab Walter einen Kräutergrog aus, der Jakob zu einem verzweifelten Hustenanfall hinriß.

»Was um Himmels willen ist da drin?« fragte er.

»Thymian und Melisse, abgerundet mit Ahornsirup und Zitrone«, sagte Walter beleidigt. »Du bist eben einfach nichts Gutes gewöhnt.«

»Mag sein«, sagte Jakob. »Da fällt mir ein, daß ich gestern abend im Dorf etwas vergessen habe. So leid mir das tut, ich muß auf einen Sprung hinunter. Beatrice?«

»Ja?« fragte sie.

»Ist deine Angelegenheit mit dem Wirt erledigt?«

Sie hielt den Kopf über ihren Grog gesenkt und dachte anscheinend nach.

»Beatrice«, wiederholte er, »ich hab dich was gefragt.«

Aller Blicke waren auf sie gerichtet. Sie trank einen Schluck und drehte das Glas zwischen den Händen. »Wenn ich's mir überlege«, sagte sie, »ist da vielleicht wirklich noch eine Kleinigkeit zu regeln.« Sie hob den Kopf und sah Olga an. Olga zog die Augenbrauen zusammen und zuckte fast unmerklich mit den Schultern. Falls Beatrice vorhatte, Jakob bei ein oder zwei Flaschen Krähenblume ins Gewissen zu reden, sollte sie das ruhig tun. Nützen würde es nichts. Jakob wußte, daß sie wußte. Sie sprachen nur nicht darüber.

Sie ging wieder früh schlafen, aber es war nicht nur die Kälte, die sie wachhielt. Es wurde später und später, sie hörte vom Dorf herauf die Kirchturmuhr schlagen – Jakob kam nicht. Endlich, weit nach Mitternacht hörte sie das Auto. Sie kroch aus dem Schlafsack, legte sich den Pelzmantel um und trat auf die Galerie hinaus. Über den Hof war ein Draht gespannt, an dem eine Lampe hing, die die ganze Nacht brannte und auch jetzt, sachte hin- und herschaukelnd, einen runden Lichtfleck auf die Stelle warf, wo Jakob das Auto abgestellt hatte. Er stieg aus, ging um den Wagen herum und öffnete Beatrice die Tür. Und wie bei einer Theateraufführung, wo sie selbst im Dunkeln, die Szene aber hell beleuchtet war, konnte Olga jetzt sehen, wie sich Beatrice an Jakobs Hals warf und ihn küßte, und Jakob, in Beatrices Armen auch nicht viel größer als in Olgas, tätschelte und streichelte sie und schien seine ganzen alten Sprüche loszulassen. Olga zog sich zurück, zwängte sich wieder in ihren Schlafsack und stellte sich schlafend, als Jakob vergnügt die Treppe hochgetrudelt kam und sich zur Ruhe bettete. Ob's schön war, brauchte sie diesmal ja nicht zu fragen.

Am nächsten Morgen erschien Beatrice gleich nach dem Frühstück und gab das Programm für den letzten Vormittag bekannt. »Ihr geht jetzt eine Stunde spazieren«, sagte sie, »aber allein, jeder für sich. In genau einer Stunde treffen wir uns oben und machen dann noch einmal, was jeder sich wünscht. Entspannung, Yoga, je nachdem. Alles klar?«

Sie nickten. Olga blieb fast der Mund offenstehen. Wenn es Beatrice noch gelang, Walter aus dem Weg zu räumen, hatte sie eine Stunde mit Jakob. Und Walter würde ... sie drehte den Kopf und sah aus dem Fenster. Natürlich, da Walter heute keine Hilfe hatte, würde er die nächste Stunde genug damit zu tun haben, den Stall auszumisten und den Kühen frisches Heu zu geben.

Sie brach mit den anderen auf. Jakob blieb zurück, er wolle erst noch ein paar andere Schuhe anziehen, sagte er. Olga steckte die Hände tief in die Manteltaschen und marschierte querfeldein. Die anderen verloren sich so nach und nach, bis sie sich allein auf der Hochebene fand, dem kalten Wind ausgesetzt, der ihr ins Gesicht biß und ihre Haut zum Glühen brachte. Hinter einem struppigen kleinen Wäldchen fand sie einen leeren Schafstall, dessen Tür offenstand. Sie ging hinein, kauerte sich in eine Ecke auf ein paar alte Säcke, die dort lagen und kramte aus den unerschöpflichen Taschen ihres Mantels eine zerdrückte Zigarettenschachtel und Streichhölzer. Sie zündete sich eine der Zigaretten an und zog mit Genuß den Rauch ein. Sie rauchte nur selten, weil Jakob es nicht gerne bei ihr sah. Langsam ließ sie den Rauch durch die Nase fächeln und sah ihm verträumt nach. Ab und zu blickte sie auf die Uhr, und als sie die Schachtel leer geraucht hatte, war auch die Zeit fast um, sie erhob sich, ein bißchen steif, ein bißchen benommen, aber das würde sich draußen an der frischen Luft gleich legen.

Sie kam als eine der letzten und setzte sich mit unterschlagenen Beinen auf ihren Platz. Alle hatten von der Kälte gerötete Gesichter. Auch Jakobs Gesicht war rot. Vielleicht war das alles doch ein bißchen viel für ihn gewesen. Sie wandte den Blick wieder von ihm ab, legte beide Hände auf die Knie und versenkte sich in sich selbst, wie Beatrice es sie gelehrt hatte.

Einer nach dem anderen äußerten sie ihre Wünsche, absolvierten in Kurzfassung noch einmal das ganze Programm – bis nur noch Olga übrigblieb.

»Was möchtest du, Olga?« fragte Beatrice.

»Ich möchte dich führen, wie du mich gestern geführt hast«, sagte Olga.

»Ach, warum?«

»Einfach so.«

Erstaunt, aber trotzdem gehorsam, ließ Beatrice sich die Augen verbinden und nahm Olgas Hand. Sie gingen den gleichen Weg wie gestern, erst durch das Haus, an der Küche vorbei, über den Hof, die Treppe zur Galerie hinauf. Ein Teil der Gruppe, unter ihnen auch Jakob, war ihnen diesmal gefolgt und stand unten im Hof. Olga hielt an, und mit ihr Beatrice, eine Hand am schwankenden Geländer.

»Was ist?« fragte sie. »Gehn wir nicht weiter?«

»Hab Vertrauen, Beatrice«, sagte Olga. Sie gab Beatrice einen leichten Schubs, und unter dem Aufschrei der im Hof Stehenden, riß Beatrice einen Teil des Geländers mit sich und stürzte auf den Misthaufen. Im ersten Schreck dachte keiner daran zu helfen, und so glitschte und rutschte sie verzweifelt auf dem frischen Mist herum und versuchte sich dabei das Tuch von den

Augen zu ziehen. Olga genoß das Schauspiel nur ein paar Sekunden, dann ging sie in die Kammer, um ihre und Jakobs Taschen zu packen.

Die Abreise war ziemlich überstürzt gewesen, aber jetzt fuhren sie gemächlich die Landstraße entlang. Das Dorf lag nun schon weit hinter ihnen, andere Dörfer folgten, und bald hatten sie den kleinen Fluß erreicht, dem die Straße folgte, die sie bis zu der Stadt bringen würde, in der sie lebten.

»So oder ähnlich«, sagte Olga, »werde ich es in Zukunft mit jeder deiner Freundinnen machen. Hast du verstanden, Jakob?«

»Absolut«, sagte er.

Sie lehnte sich zurück und knöpfte ihren Mantel auf. Ihr war wunderbar warm.

Lilla

Hochzeit«, sagte Edna. Sie hielt ihre Karten hoch und blickte Salome triumphierend an. »Und dazu sage ich Re und keine Hundertzwanzig.«

Salome machte ein undurchdringliches Gesicht, ihr Pokerface, wie Edna es nannte, Soloman und Herr Rautenstrauch aber konnten ihren Ärger nicht unterdrücken.

»Am liebsten würde ich hinlegen«, meinte Herr Rautenstrauch. Seine Brille war ihm auf die Nasenspitze gerutscht, und er brachte sie mit einem kurzen Ruck wieder in die richtige Lage.

»Dann tu's doch«, sagte Soloman, »mir soll's recht sein.«

Sie saßen im Erkerzimmer der Pension ›Dornröschen‹ wie jeden Abend, seit sie sich gefunden hatten, und spielten Doppelkopf. Die anderen Gäste verbrachten den Abend lieber vor dem Fernsehapparat, der zum Glück in einem Raum stand, der so weit entfernt war, daß bei Westernfilmen nicht einmal die Schüsse zu hören waren. Man konnte dem ›Dornröschen‹ manches nachsagen, es war verbaut, heruntergekommen, zugig und im Winter nie richtig warm – aber es bot viel Platz. Es gab zwar nur ein Badezimmer auf jeder Etage, dafür hatte es aber einen Wintergarten, eine von Glyzinien umrankte Holzveranda und eben dieses Erkerzimmer, das auf den Stadtgarten hinausging.

Von der jetzigen Besitzerin eigentlich als Hotel garni übernommen, waren immer mehr ältere Dauergäste eingezogen, Leute, die genug Geld hatten, um die sozialen Einrichtungen nicht in Anspruch nehmen zu müssen, denen aber auf der anderen Seite ein mit allen Annehmlichkeiten ausgestattetes Wohnstift zu teuer oder zu unpersönlich war. Natürlich mußten sie noch einigermaßen rüstig sein und manche Handgriffe selbst tun – an Personal gab es nur einen Hausdiener. Das Frühstück bereitete die Besitzerin, ansonsten stand die Küche jedem offen.

Salome schenkte sich ein zweites Glas Sherry ein und sah zu den Fenstern im Erker, über die der Regen lange silbrige Fäden spann. Es war Februar, kurz nach der Schneeschmelze, und der Graben, der sich durch den Stadtgarten zog, war bis obenhin voll mit schmutzigbraunem Wasser. Es war, so fand sie, die trübste Zeit im Jahr, alle ihre Verwandten waren um die Faschingszeit herum gestorben – als hätten sie sich verabredet. Sie nippte an ihrem Glas und schloß dabei die Augen. Edna riß sie aus ihren Gedanken. »Du bist dran«, sagte sie. Salome legte ein As zu den drei Karten auf dem Tisch und schob das Päckchen Edna zu. Wie viele Abende spielten sie schon miteinander? War es der zweite Winter, oder schon der dritte, daß sie hier saßen, Abend für Abend, wie zwei alte Ehepaare. Ehepaare... welchen von beiden würde sie sich zurechnen? Soloman? Sie blickte flüchtig zu ihm hinüber. Ihre Namen waren sich ähnlich. Aber sonst? Da war nichts Gemeinsames, äußerlich nicht und auch in allem anderen nicht. Soloman war klein, ruhig, einer, den man in einem Zimmer voller Leute glatt übersah, er war Kriminalbeamter gewesen und hatte seinerzeit den Ruf eines eiskalt und intelligent agierenden Kommissars gehabt. Man konnte es kaum glauben – beim Kartenspiel setzte er diese Fähigkeiten jedenfalls nicht ein. Sie spielte einen Herzbuben aus und nahm sich im Geist Herrn Rautenstrauch vor. Ein liebenswerter alter Herr, immer ein bißchen schmuddelig, da war nie eine Frau dagewesen, die ihm die Knöpfe angenäht oder die Hosen ausgebürstet oder an ihm herumerzogen hatte, und so war er in Ruhe zu dem geworden, was er jetzt war – ein pensionierter Baurat, der seinen Lebensabend im ›Dornröschen‹ verbrachte und der Ansicht war, daß er damit noch das große Los gezogen hatte.

Keiner von beiden wäre für sie in Frage gekommen. Sie hatte nach einem Mann gesucht, mit dem sie sich nie langweilen würde, und sie hatte auch einige getroffen, die ihr gefallen hatten – allerdings nie den dunkelhäutigen Prinz, von dem sie schon als Kind eine festumrissene Vorstellung gehabt hatte. Vielleicht war das von ihrer Seite aus der Grund gewesen, daß sie nie eine Bindung eingegangen war, allerdings war auch keiner ihrer Verehrer über eine Abweisung unglücklich gewesen. War es ihre Baßstimme, die Tatsache, daß sie Zigarillos rauchte, die sie verunsichert hatten? Oder lag es einfach daran, daß sie vor nichts Angst hatte? Eine äußerst unweibliche Eigenschaft, das mußte sie zugeben. Sie war so in Gedanken versunken, daß Edna sie zweimal anrufen mußte.

»Was ist?« fragte sie.

»Du träumst, Salome«, sagte Edna, »wenn du nicht aufpaßt, verlieren wir doch noch. Ich hatte keine Neunzig gesagt.« Salome war wieder ganz da. »Wie leichtsinnig von dir, so gut ist mein Blatt nun auch wieder nicht. Aber laß mal sehen, wie wär's damit?« Sie opferte ihren höchsten Trumpf. »Zufrieden?«

»Sehr«, sagte Edna. Sie strich die Karten ein und legte sie zu dem kleinen Stapel, den sie bereits neben ihrem rechten Ellbogen deponiert hatte.

Unten schrillte die Klingel. Zwar hatten die Dauergäste alle Schlüssel, aber da es noch ein paar freie Zimmer gab, kamen auch immer wieder Übernachtungsgäste, meistens dieselben, Vertreter, die ihre vierteljährliche Runde machten, ein Schauspieler der Landesbühne, der das Busfahren nicht vertrug, und deshalb nach jeder der allmonatlichen Vorstellungen hier übernachtete, um seiner Truppe am nächsten Morgen mit dem Zug nachzufahren, ganz selten einmal auch ein völlig Fremder, der sich hierher verirrte, wenn alle anderen Zimmer in der Stadt vergeben waren.

Da der Hausdiener über Nacht nicht da war, blieb nur die Besitzerin oder einer der Gäste, um zu öffnen. Und es war wie so oft, jeder dachte, daß ein anderer schon in die Halle gehen würde. Es läutete wieder und wieder, bis Salome die Karten auf den Tisch warf und sich erhob. Sie nahm sich einen Zigarillo aus ihrer Schachtel, zündete ihn an und tat einen ersten tiefen Zug. »Ich seh mal nach«, sagte sie, »es wird Dithmarsch sein.«

»Nein«, meinte Edna, »die Landesbühne kommt erst wieder nächste Woche.«

»Aha, und womit?«

»Maria Magdalena von Hebbel.«

»Immer diese alten Schinken.« Sie wandte sich zur Tür und ging langsam die Treppe in die Halle hinunter, in der es auch nicht viel kälter war als oben. Es brannte nur ein einziges Licht auf einem kleinen runden Tisch, um den Korbstühle standen, sonst gab es noch ein paar staubige Grünpflanzen, die es geschafft hatten zu überleben, obwohl keiner sich so richtig um sie kümmerte. Ohne große Eile durchquerte Salome die Halle und öffnete die Tür. Ein Mädchen stand draußen, es trug einen schwarzen Plüschmantel, sein Haar schimmerte vor Nässe, in der rechten Hand hielt es einen prallgefüllten Beutel, unter den linken Arm hatte es einen Teddybär geklemmt.

»Hallo«, sagte Salome.

»Guten Abend«, erwiderte das Mädchen ziemlich steif, »ich suche ein Zimmer.«

Salome zog an ihrem Zigarillo und blies den Rauch in die regnerische Nacht. »Das läßt sich machen«, sagte sie, »kommen Sie rein und warten Sie hier, ich suche die Besitzerin.« Sie wies auf die Korbstühle, und sah erst jetzt, daß dieses halbe Kind schwanger war – im siebten oder achten Monat sicher schon, dem Umfang nach zu schließen. Sie schloß die Tür und ging erst einmal nach hinten in die Küche, kam, nachdem sie dort alles dunkel gefunden hatte, wieder zurück, stieg die Treppe hoch und stöberte die Besitzerin vor dem Fernsehapparat im Wintergarten auf, wo sie sich inmitten der anderen Gäste über einen Krimi aufregte, in dem es so viele Leichen gab, daß anscheinend keiner mehr verstand, worum es eigentlich ging. Salome sah ein paar Minuten zu und tippte ihr dann auf die Schulter. »Unten ist jemand für Sie, Frau Mücke.«

»Erst der Mönch, dann die Zofe, dann der Gärtner. Und alle drei hielten wir nacheinander für den Mörder.

Jetzt ist fast keiner mehr übrig, der in Frage kommt. Was sagten Sie?«

»Unten wartet jemand. Jemand, der ein Zimmer will.«

»Ausgerechnet jetzt«, sagte Frau Mücke. Den Blick immer noch auf den Bildschirm gerichtet, erhob sie sich langsam und entfernte sich rückwärts gehend bis zur Treppe, wo sie sich notgedrungen umdrehen mußte, um nicht die Stufen hinunterzufallen. Salome wanderte gemächlich den langen, mit einem verblichenen roten Läufer belegten Gang zurück ins Erkerzimmer.

»Na endlich«, sagte Edna, »wer war's denn?«

»Ein ganz junges Ding, sucht ein Zimmer.«

»Aha. Komm und setz dich, wir haben beschlossen, nach dieser Runde eine Pause zu machen. Warst du im Wintergarten?«

»Kurz.«

»Wie ist der Krimi?«

»Neblig und voll Leichen.«

»Das sind die besten.«

Sie spielten die Runde schweigend zu Ende und rechneten dann ebenso schweigend ab. Herr Rautenstrauch gähnte verstohlen, Soloman erhob sich und holte aus einer Fensternische seinen Rotwein, den er dort abgestellt hatte, damit die Flasche auf dem Tisch nicht störte. »Mag noch jemand?« fragte er. An sich hatte jeder sein eigenes Getränk, aber ab und zu tauschten sie aus, tranken von Salomes Sherry, Herrn Rautenstrauchs Mosel, Solomans Rotwein – und wenn es ihnen ganz schlecht ging, von Ednas Kräutertee. Aber heute abend trank sogar Edna von dem Roten. So saßen sie um den runden Tisch unter dem grünlichen Lampenschirm, um den Frau Mücke, weil Fasching war, ein paar Girlanden geschlungen hatte, und hörten auf den Regen, der gegen die drei Erkerfenster klopfte.

Das Frühstück bereitete Frau Mücke jeden Morgen zur gleichen Zeit selbst zu. Und ging sonst auch in diesem Haus so ziemlich alles drunter und drüber – daß morgens alle tadellos angezogen zum Frühstück kamen, war ihr wichtig. Punkt neun Uhr erschien sie mit dem Tablett voll Kaffee- und Teekannen in der Tür zum Speisezimmer und überflog mit einem schnellen Blick die Tische. So war es auch an diesem Morgen. Nachdem sie befriedigt festgestellt hatte, daß ihr in der Nacht keiner weggestorben war, schickte sie den Hausdiener nach oben, um dem neuen Gast Bescheid zu geben, daß es nur zu dieser Zeit und nur hier unten Frühstück gab. Gespannt sahen alle zur Tür, als das Mädchen hereinkam. Es war sehr blaß, das ungekämmte Haar hing ihm ins Gesicht und zeigte die letzten Spuren einer herausgewachsenen Dauerwelle. Der weite Pullover, den es übergezogen hatte, war verfilzt, der Rock baumelte um die Beine, und an den Füßen trug es merkwürdige Stiefelchen, die ihm ein bis zwei Nummern zu groß sein mußten, denn es schlurfte mehr als es ging zu dem Tisch in der Ecke, den man ihm zugewiesen hatte.

Frau Mücke baute sich mit in die Seite gestemmten Armen vor ihm auf. »Kaffee?« fragte sie in aggressivem Ton, »Tee?«

»Tee«, sagte das Mädchen leise.

Alle Gespräche an den anderen Tischen waren verstummt und jeder beobachtete nun mit Interesse, wie das Mädchen eines der Brötchen, die vor ihm in einem Korb lagen, nahm, aufschnitt, mit Butter bestrich und lustlos hineinbiß. Erst jetzt hob es den Kopf und schien seine Umgebung wahrzunehmen, aber weder das neugierige Anstarren, noch das betroffene Beiseiteblicken schienen ihm etwas auszumachen, es wirkte so niedergeschlagen und abwesend, als ob nichts es mehr erreichen könnte. Salome holte tief Luft, stand auf, nahm Frau Mücke, die gerade hereinkam, den Tee ab und brachte ihn dem Mädchen an den Tisch.

»Salome Schneider«, sagte sie.

»Lilla«, sagte das Mädchen.

»Nur Lilla?«

»Ja.«

»Das wird aber Frau Mücke nicht genügen. Darf ich mich setzen?«

Das Mädchen schenkte sich Tee ein und sagte nichts. Salome zog sich einen Stuhl heran und setzte sich. »Ich bin nicht neugierig oder so was«, sagte sie, »aber ich denke, Sie brauchen Hilfe.« Lilla schwieg weiter. »Natürlich bin ich nur eine alte, ziemlich unnütze Frau«, fuhr Salome fort, »aber so unnütz nun auch wieder nicht, daß ich einfach zusehen möchte, wie jemand...«

Lilla trank ihre Tasse aus, ließ die zweite Brötchenhälfte liegen und stand auf. Salome hielt sie am Arm. »Ich geh ja schon wieder, tut mir leid. Essen Sie weiter, ja?«

»Ich hab keinen Hunger«, sagte Lilla.

Später, in der Küche, versuchte Salome Frau Mücke auszuhorchen.

»Ich kann nicht viel sagen«, meinte Frau Mücke. »Sie hat für eine Woche bezahlt. Ich habe mir ihren Personalausweis angesehen, sie ist über achtzehn. Achtzehneinhalb, wenn ich mich recht erinnere. Hätte ich sie gleich bei Tageslicht gesehen, hätte ich ihr kein Zimmer gegeben. Aber gestern abend, naß wie sie war...«

»Es war schon richtig. Welches Zimmer hat sie?«

»Das kleine ganz oben. Am Ende des Ganges.«

»Das ist doch das, das so gut wie nie richtig warm wird?«

»Kann schon sein«, erwiderte Frau Mücke abweisend, »aber das Geld, das sie hatte, reichte nun mal nur für dieses Zimmer.« Sie fing an, das Frühstücksgeschirr wegzuräumen, und zeigte damit, daß sie nicht bereit war, in dieser Sache weiter mit sich verhandeln zu lassen.

Nachdenklich stieg Salome die Treppe hinauf. Meistens brachte sie den Vormittag damit zu, sich um ihr und Herrn Rautenstrauchs Zimmer zu kümmern, ein bißchen Staub zu wischen, Betten machen, Socken oder ähnliches auszuwaschen, während Edna dasselbe für sich und Soloman tat. Es war ihr immer eine leichte und angenehme Beschäftigung gewesen, aber heute ging sie ihr nicht so recht von der Hand. Mitten in der Arbeit ließ sie alles liegen und stieg entschlossen zu Lillas Zimmer hoch. Nachdem sie auf ihr Klopfen keine Antwort bekommen hatte, drückte sie die Tür auf, die nur angelehnt war, und ging hinein. Lilla lag im Bett, die Decke bis ans Kinn hochgezogen, Mantel, Pullover und Rock waren über das Fußende geworfen, auf einem Stuhl am Fenster lag der Beutel, daneben saß der Bär.

»Ach Sie sind's«, sagte Lilla, aber es klang nicht böse, eher gleichgültig. Sie drehte den Kopf zur Wand und zog die Decke noch höher.

»Hören Sie«, sagte Salome zu dem vermummten Rücken, »mir geht's einfach nicht gut – Ihretwegen. Und das ist ein Zustand, den ich ändern möchte. Brauchen Sie Geld?«

Das Mädchen gab ein Geräusch von sich, das wie

Kichern klang, es hätte aber auch ein Schluchzen sein können. Als keine weitere Reaktion erfolgte, redete Salome unbeirrt weiter: »Ich bin auch bereit, zu Ihren Eltern zu gehen. Zu Ihrem Freund. Zum Jugendamt.«

Aus dem Bett kam ein dünner weißer Kinderarm, der zum Beutel hinüber wies. »Ich brauche neue Tabletten«, sagte die Stimme unter der Decke hervor. »Da drüben ist mein Mutterpaß, da steht auch mein Arzt drin. Ich muß sie nehmen, weil das Kind sonst früher kommt.«

Salome kramte in dem Beutel und nahm das kleine blaue Heft an sich. »Ich werde es versuchen«, sagte sie, »aber ich nehme an, er wird Sie sehen wollen.«

»Ich war erst letzte Woche zur Untersuchung«, murmelte die Stimme, »aber ich habe die Packung mit den Tabletten irgendwo liegenlassen. Sagen Sie ihm das, bitte.«

»Gut«, meinte Salome, »auf jeden Fall kann ich jetzt was für Sie tun.«

Sie ging in ihr Zimmer, um sich Hut und Mantel anzuziehen, nahm vorsichtshalber den Regenschirm mit und stieg in die Halle hinunter, wo sie, auf die Korbstühle verteilt, die Unentwegten antraf, die dort jeden Tag auf den Briefträger warteten. Soloman war auch dabei, er hatte einige Zeitungen abonniert und gehörte daher zu den Glücklichen, die öfter Post bekamen. Als er sie so energiegeladen die Treppe herunterkommen sah, fragte er: »Wohin so früh am Morgen, Salome?«

»Zum Arzt.«

»Fühlst du dich krank?«

»Kein bißchen. Ganz im Gegenteil.« Sie riß die Tür auf und atmete tief die feuchte kalte Luft ein.

Der Arzt war ihr bekannt – er hatte seine Praxis nicht einmal so weit weg, daß sie den Bus nehmen mußte. So nahm sie den Weg durch den Stadtgarten, der um diese Zeit noch ganz verlassen war, nur die Enten und seltsame kleine Wasserhühner, deren Namen sie nicht kannte, trippelten über die nassen Wiesen und suchten nach Futter. Auf der Straße, die den Stadtgarten von der Innenstadt trennte, lag Konfetti. Sie wartete an der Ampel, bis sie Grün hatte, überquerte die Straße und erreichte die Fußgängerzone. Immer schon war ihr diese Straße wie eine Grenze erschienen. Da war die Stadt mit ihren Kirchen, Läden und Cafés, bunt und voll Leben – und auf der anderen Seite kamen gleich nach dem Stadtgarten und dem ›Dornröschen‹ die Bahngeleise, hinter denen es nur noch Industrieanlagen und ein paar heruntergekommene Schrebergärten gab, in denen auch Hasen gehalten wurden. Und so betrat sie das mit einem erdbeerroten Teppichboden ausgelegte Vorzimmer des Arztes mit dem Gefühl, aus einer anderen Welt zu kommen, und verglich unwillkürlich den abgeschabten Glanz ihrer Pension mit der fast funkelnagelneuen und aufwendigen Einrichtung dieser Praxis. Sie zog das zerfledderte blaue Heftchen aus ihrer Tasche und brachte ihr Anliegen vor.

»Und warum kommt sie nicht selbst?« fragte das weißgekleidete Mädchen, an das sie sich gewandt hatte.

»Weil es ihr nicht gut geht, deshalb«, sagte Salome.

»Na gut«, meinte das Mädchen, »aber Sie müssen warten.«

Salome zog ihren Mantel aus und setzte sich auf einen der Stühle, die da längs der Wand standen, neben einen Arzneimittelvertreter, der ergeben seine Mappe auf den Knien hielt, und wartete. Die Zeit verging, Patienten kamen und verschwanden im Wartezimmer, andere holten sich nur eine Bescheinigung und gingen wieder, das Telefon klingelte nahezu ununterbrochen, und zeitweise hielten sich so viele weißgekleidete Mädchen im Vorzimmer auf, daß Salome Mühe hatte, das für sie zuständige im Auge zu behalten. Es konnte doch nicht so lange dauern, ein einfaches Rezept auszuschreiben. Sie stand auf und erwischte das Mädchen am Arm. »Haben Sie mich vergessen?«

Das Mädchen befreite sich und trat einen Schritt zurück. »Sie sehen doch, wir haben viel zu tun.«

»Ich hab auch viel zu tun«, sagte Salome verärgert, »und ich will Ihnen mal was sagen: Es ist reine Schikane, was Sie da machen, und ich nehme an, es hat mit Lilla zu tun. Sie paßt Ihnen nicht, stimmt's? Sie ist ein Schmutzfleck in Ihrer vollkommenen Ordnung hier. Und da Sie sie nicht einfach raussetzen können, behandeln Sie sie schlecht, und ich wette, Lilla merkt's nicht mal. Aber ich merke es, und wenn ich nicht in zwei Minuten das Rezept habe, hole ich es mir bei Ihrem Chef persönlich.«

Das Mädchen griff sich wortlos Lillas Mutterpaß, den es irgendwo abgelegt hatte, und verschwand damit in den hinteren Räumen.

»Im Grunde«, erklärte Salome dem Vertreter, während sie schon mal ihren Mantel anzog, »ist es keine Bosheit. Es ist die reine Phantasielosigkeit. Sie können sich einfach nicht in die Lage eines anderen versetzen. Haben Sie das von dem Selbstmörder gelesen? Es stand vor ein paar Tagen in der Zeitung.«

»Nein.«

»Nun, er stand oben und zögerte. Und unten sammelten sich Hunderte von Leuten, die im Sprechchor riefen: Spring doch!«

»Nein, ich hab's nicht gelesen«, sagte der Vertreter ängstlich, Salomes Regenschirm dicht vor seiner Nasenspitze.

»Er ist gesprungen«, sagte Salome und rückte ihren Hut zurecht. »Und es war noch das Beste, was er tun konnte – unter diesen Umständen. Aber jetzt frage ich

Sie: An wessen Stelle wären Sie lieber? Verzweifelt und unglücklich oben? Oder dumm und sensationsgierig unten?«

»Aber liebe gnädige Frau«, sagte der Vertreter, »selbstverständlich oben.« Er starrte auf seine Schuhspitzen und bekam rote Ohren.

»Selbstverständlich«, sagte Salome und nahm dem Mädchen, das den Gang herunterkam, das Rezept aus der Hand.

Sie holte die Tabletten in der nächsten Apotheke, kaufte beim Bäcker eine Tüte mit Krapfen und beeilte sich auf dem Rückweg, um zum Mittagessen rechtzeitig wieder da zu sein. Sie wechselten sich mit dem Kochen ab, und heute war Herr Rautenstrauch dran, der zwar gern und gut kochte, aber beleidigt war, wenn sich einer von ihnen verspätete und seine meist recht ausgefallenen Gerichte dadurch an Geschmack verloren. Als sie ankam, ging sie zuerst in die Küche, um zu sehen, wie weit er war. Er stand, eine Schürze umgebunden, mit rotem Kopf am Herd und stritt mit einem der anderen Gäste, weil er allein drei Kochplatten belegt hatte. Es gab zwei Herde und trotzdem jeden Tag Streit. Salome schaute in seine Töpfe und zog genießerisch den Geruch ein. »Dauert's noch lange?« fragte sie.

»Nicht, wenn man mich in Ruhe läßt«, sagte er, »und das gilt für euch beide.«

Salome entfernte sich vergnügt und stieg nun ruhiger die Treppen zum obersten Stockwerk hoch, klopfte an Lillas Tür und trat ein. Nichts hatte sich verändert. Das Mädchen lag im Bett, und erst jetzt sah sie, daß es nicht einmal ein Nachthemd anhatte.

»Hier sind die Tabletten«, sagte sie, »und der Paß. Ich selbst habe nicht hineingesehen.«

»Das wäre doch egal«, sagte das Mädchen.

»Egal oder nicht egal, ich hab's jedenfalls nicht getan. Ich sag das nur, damit Sie wissen, daß ich mich nicht aus Neugierde mit Ihnen befasse.«

»Ich weiß«, sagte das Mädchen.

»Woher wissen Sie das?«

»Sie sagten es schon einmal.«

»Ja, hab ich das«, sagte Salome betroffen.

»Unten beim Frühstück.«

»Ach ja.« Sie wanderte im Zimmer herum, nahm den Mantel, der vom Bett gerutscht war und hängte ihn an einen Haken hinter die Tür. Das Mädchen beobachtete sie wortlos.

»Und jetzt?« fragte Salome. Sie begegnete dem fragenden Blick und breitete die Arme aus. »Was ich meine, ist: Wie wär's mit Aufstehen, Mittagessen, einer Stunde Spazierengehen? Es regnet nicht und die Luft tut gut.«

»Ich soll viel liegen«, sagte das Mädchen. Es drehte sich wieder zur Wand und zog die Decke hoch.

An diesem Tag sollte Salome das Mittagessen nicht schmecken, auch die Krapfen nicht, nicht der Kaffee und nicht das Abendessen. Sie trieb sich an der Treppe herum, aber Lilla erschien nicht, erst wieder am nächsten Morgen zum Frühstück, schweigsam, zerzaust, abwesend – wie am Tag zuvor. Salome rutschte auf ihrem Stuhl herum, wurde aber rechts von Edna, links von Soloman festgehalten, denen sie am gestrigen Abend beim Doppelkopf von ihren vergeblichen Bemühungen erzählt hatte.

»Sie ist alt genug«, hatte Edna gesagt, »und ich wette, es gibt bestimmt Leute, die ihr helfen würden, wenn sie nur wollte. Ihre Eltern oder ihr Freund oder sonst wer.«

Und Soloman hatte gemeint, daß sie ein typisch asoziales Verhalten zeige. »Sie schließt sich freiwillig aus der Gesellschaft aus und muß in Kauf nehmen, daß die Gesellschaft sie links liegen läßt«, hatte er gesagt, und Salome hatte geantwortet: »Ja, sie kümmern sich nicht um sie, bis sie etwas tut, das gegen ihre Regeln verstößt. Dann ist sie da, eure ehrenwerte Gesellschaft, mit hilfsbereiten Polizisten, besorgten Staatsanwälten und überaus komfortablen Gefängnissen. Dann stehen sie in drei Reihen hintereinander – aber erst, wenn das Kind in den Brunnen gefallen ist.«

Was sie anfänglich nur vermutet hatte, wurde Salome am dritten Tag nach Lillas Ankunft zur Gewißheit. Außer dem Frühstück nahm das Mädchen nichts zu sich, also schlug sie die guten Ratschläge ihrer Freunde in den Wind und marschierte am vierten Tag mit einem Teller voll dampfendem Risotto hinauf zu Lillas Zimmer. Sie fand die Tür verschlossen. Klopfen und Rufen nützten nichts – so wartete sie noch ein Weilchen, stieg dann langsam wieder hinunter, kippte ebenso langsam und nachdenklich den Reis in den Mülleimer und ging in die Halle, um den Arzt anzurufen.

»Natürlich erinnere ich mich an sie«, sagte er, nachdem man sie endlich mit ihm verbunden hatte, »aber ich darf Ihnen nichts sagen, absolut nichts. Ich dürfte auch den Eltern nichts sagen. Sie ist volljährig.«

»Für mich«, sagte Salome, »ist sie ein Kind, das Hilfe braucht.«

»Ach wissen Sie«, sagte er, »zu mir kommen Fünfzehn-, Sechzehnjährige, denen gegenüber ich mich wie ein Kind fühle. Die sind nicht so hilflos, wie sie manchmal scheinen.«

»Sie hat ihren Bär dabei«, beharrte Salome.

Er seufzte. »Ich habe jetzt weiß Gott keine Zeit mich über Bären zu unterhalten. Sie wird von mir als Arzt betreut, und ich kann Ihnen versichern, daß sie sehr sorgfältig betreut wird. Mehr kann ich nicht tun. Ich müßte meine Praxis hier aufgeben, wenn ich hinter jedem schwangeren Mädchen herrennen wollte, das nicht genug ißt.«

»Wahrscheinlich«, sagte Salome.

Es kam der Faschingssonntag, Rosenmontag, Kehraus am Dienstag. Im ›Dornröschen‹ schlugen die Wellen hoch. Im Wintergarten wurde geschunkelt und getanzt, im Erkerzimmer saß die Doppelkopfrunde mit bunten Hüten und Pappnasen und spielte mit einer so gereizten und mürrischen Salome, daß Herr Rautenstrauch schließlich ärgerlich die Karten hinwarf, Edna vom Stuhl hochzog und auch Soloman einen Schubs gab. »Das ist ja nicht mehr zum Aushalten«, rief er. »Seit Tagen ist sie schlecht gelaunt. Jetzt lassen wir sie einfach mal hier sitzen, bis sie wieder normal ist. Kommt, wir gehen in den Wintergarten.«

Salome ließ sie widerspruchslos ziehen. Sie nahm die Nase und das Hütchen ab und schlich an den Feiernden vorbei hinauf zu Lillas Zimmer. Es war wieder verschlossen, und so ließ sie sich an der Tür hinunterrutschen, bis sie am Boden saß und den Kopf gegen das Holz lehnen konnte. Die Musik aus dem Wintergarten war nur noch gedämpft zu hören, und so vernahm sie ein anderes Geräusch, das aus dem Zimmer kam – sie hörte Lilla weinen.

Später, als sie in ihrem Bett lag, fiebrig und mit eiskalten Füßen, hätte sie nicht mehr sagen können, wie lange sie diesem verzweifelten und nicht enden wollenden Weinen gelauscht hatte. Den Rest der Nacht lag sie wach, wälzte sich hin und her, fror und schwitzte abwechselnd, und glitt schließlich am frühen Morgen in einen unruhigen Halbschlaf hinein, in dem ihr immer wieder fetzenartige Bilder durch den Kopf zogen... Kinder, die in dichtem Schneetreiben durch einen Wald liefen... ein Teddybär ohne Kopf... Lilla in ihrem schwarzen Plüschmantel und den komischen Stiefelchen, wie sie in einem Schnellimbiß an der Theke stand und aß und aß und aß, bis sie immer dicker wurde und platzte und Unmengen Konfetti sich im Raum verteilten.

Als jemand an ihre Tür klopfte, fuhr sie hoch. Sie brauchte ein paar Augenblicke, bis sie Edna erkannte, die an ihr Bett getreten war, und nickte dankbar, als Edna, die ihr die Stirn gefühlt hatte, versprach, mit einem Glas Zitronensaft und ein paar Aspirin wiederzukommen. »Und dann schläfst du dich richtig aus«, sagte Edna, »in deinem Alter ist mit so was nicht zu spaßen.«

Sie trank den heißen Saft und schluckte zwei Aspirin. Edna hatte das Fenster einen Spalt geöffnet, ein leichter Wind bewegte den Vorhang. Vom Stadtgarten kam Vogelgezwitscher und Hundegebell, von weiter her das Rattern eines Zuges. Es war ungewohnt und doch vertraut – ungewohnt, daß sie um diese Zeit noch im

Bett lag, vertraut die Geräusche, die sagten, daß alles weiterging, unabhängig davon, was mit ihr, mit Lilla oder sonst jemandem geschah. Entspannt legte sie sich zurück und schloß die Augen.

Am Nachmittag brachte ihr Edna Tee und Zwieback, gegen Abend einen Teller mit kaltem Huhn und ein Glas Mosel, mit einer Empfehlung von Herrn Rauten-strauch, wie sie sagte, als es aber draußen dunkel wurde, hielt es Salome nicht mehr im Bett, sie schlüpfte in ihren Bademantel, zündete sich einen Zigarillo an und ging ins Erkerzimmer, wo die Doppelkopfrunde auf Skat umgestiegen war.

»Du gehörst ins Bett!« rief Edna.

»Ich möchte nur eine halbe Stunde bei euch sitzen und zusehen«, sagte Salome. »Wo ist mein Sherry?«

»Dort drüben auf dem Tisch, wo er immer steht.«

Salome füllte sich ein Glas, zog einen Stuhl heran, verfolgte das Spiel ohne großes Interesse und fragte in einer Pause: »Ist Frau Mücke im Haus?«

»Sie kommt erst so gegen elf«, sagte Edna, »heute ist die Landesbühne da, und sie ist hin... du gibst, Soloman!«

»Ach ja«, sagte Salome, »Maria Magdalena.« Sie drückte ihren Zigarillo aus, stand auf und ging ruhelos im Zimmer umher.

»Setz dich hin oder geh ins Bett«, sagte Edna, »du machst mich nervös.«

»Schon gut, schon gut«, murmelte Salome, knotete den Gürtel ihres Bademantels enger und begab sich in den Wintergarten, wo sie im Halbdunkel ein paar müde Gestalten vorfand, denen noch das Herumgehopse vom vorherigen Abend in den Knochen saß. Sie setzte sich dazu, besah sich erst einen alten Schwarzweißfilm, dann eine Reportage über Kenia, nickte zwischendurch ein bißchen ein, merkte, daß die anderen inzwischen ins Bett gegangen waren, und hörte endlich Stimmen unten in der Halle. Sie ging hinunter und traf Frau Mücke und Dithmarsch auf dem Weg in die Küche, wo beide noch eine Kleinigkeit essen und über das Stück sprechen wollten.

»Ein wunderbares, ein einmaliges Erlebnis«, schwärmte Frau Mücke, während sie ein paar Scheiben Brot heruntersäbelte, »ich bin noch ganz erledigt. Geht's Ihnen wieder besser?« In ihr kleines Schwarzes gezwängt, das sie bei diesen Anlässen immer trug, streifte sie Salomes Bademantel mit einem mißbilligenden Blick.

»Ja, es geht mir wieder besser«, sagte Salome, »ich wollte Sie eigentlich nur ganz kurz um etwas bitten.«

»Dann schießen Sie los«, sagte Frau Mücke. Sie öffnete eine Bierflasche, holte ein Glas und stellte beides vor Herrn Dithmarsch, der es sich am Küchentisch bequem gemacht hatte. »Sie waren einfach wunderbar«, sagte sie dabei zu ihm, »obwohl Sie natürlich schuld daran sind, daß das arme Mädchen sich in den Brunnen gestürzt hat.«

»Das haben Sie sehr gut verstanden«, sagte Herr Dithmarsch und schielte nach den Broten, die sie dick mit Schinken zu belegen begann.

»Wissen Sie«, sagte Frau Mücke, an Salome gewandt, »er hat einen Sohn und eine Tochter. Und als der Sohn verdächtigt wird und ins Gefängnis kommt, kann er das kaum ertragen und sagt zu seiner Tochter, wenn sie ihm auch Schande macht, bringt er sich um. Und dabei ist das arme Ding zu der Zeit schon schwanger...«

»Da wir gerade dabei sind«, sagte Salome, »ich möchte gern Lillas Zimmer weiterbezahlen, ich glaube, die acht Tage sind vorbei.«

»Ja, das sind sie«, sagte Frau Mücke kurz.

»Also?«

»Es geht nicht.«

»Und warum nicht?«

»Weil das Fräulein nicht mehr da ist. Die Zeit war um. Sie hatte kein Geld mehr. Basta.« Sie garnierte die Brote mit Tomatenscheiben und streute noch etwas gehackte Petersilie darüber.

»Und Sie wissen nicht, wo sie hin ist?«

»Nein, woher sollte ich. Einen Schnaps, Herr Dithmarsch?«

»Aber gerne«, sagte er.

144

Salome ging zurück in die Halle, und obwohl es völlig sinnlos war, öffnete sie die Haustür und starrte hinaus in die Nacht. In den Rhododendronbüschen, so schien es ihr, bewegte sich etwas.

»Lilla!« rief sie.

Eine Gestalt kam näher und stellte sich in das helle Viereck, das die Lampe hinter ihrem Rücken auf den Weg zeichnete. Es war ein großer dunkelhäutiger Mann, der einen Turban trug, eine seidenschimmernde Jacke und weite Pluderhosen. Seine Füße steckten in Pantoffeln aus Brokat. Als er sich mit an die Stirn gelegten Händen leicht vor ihr verneigte, glitzerten und sprühten unzählige winzige Steine, mit denen seine Kleider bestickt waren – es sah aus, als wäre er mit Schnee bestäubt.

Wind aus Afrika

Paul«, rief eine Frauenstimme, »Paul!«
Der Junge tat, als höre er nicht. Die Füße im Sand
vergraben, saß er auf der untersten Stufe der Terrasse
und beobachtete eine Eidechse, die an einer der Mauern
klebte, die den Garten von den Nachbargärten trennte.
Garten war eigentlich schon zuviel gesagt. Wo der Sand
aufhörte, wuchs stachliges hellgrünes Zeug, dessen
Namen er nicht kannte – eine Distelart wahrscheinlich.

Der einzige Baum war eine Pinie, die direkt neben
der Mauer stand und so ihren spärlichen Schatten zwei
Gärten zuteil werden ließ. Die Nachbarn zur Linken
hatten Tomaten zum Reifen auf die Mauer gelegt, die
zur Rechten ihre Badeanzüge zum Trocknen. Irgendwie stimmt da was nicht, dachte Paul. Entweder gehört
uns eine Mauer ganz, oder von beiden jeweils die
Hälfte. Na, Mutter wird das schon regeln. Als habe er
sie mit seinen Gedanken gerufen, erschien sie unter der
Tür des Studios und hielt ihm beide Arme entgegen, die
mit Kleidern überhäuft waren. »Was ist«, sagte sie,
»willst du nicht helfen?«

146

Während der Fahrt durch Frankreich waren die auf dem Dach des Autos befestigten Pappkoffer von dem ständig nieselnden Regen durchweicht worden, aber hier, in der ewigen Sonne Korsikas, würden ihre Sachen schon in kurzer Zeit wieder trocken sein. Anders als letztes Jahr, wo sie in einem Bauernhof in der Rhön Ferien gemacht hatten, dessen Fenster so klein gewesen waren und so weit hinter dem vorspringenden Dach gelegen hatten, daß nie die Sonne in eines der Zimmer gekommen war. Steif und klamm waren ihre Kleider und die Betten nach einer Woche gewesen, einschließlich ihrer selbst, und seiner Mutter war die Bauernhofromantik gründlich vergangen.

Er schüttelte den Sand aus seinen Sandalen und stand auf. »Was soll ich denn machen«, maulte er. Klein und mager stand er vor ihr, wirkte eher wie zwölf und nicht wie ein Vierzehnjähriger, der er schon war. Seine Beine waren dünn und verbreiterten sich am Knie. Storchenbeine sagte sein Turnlehrer, wenn er ihn in kurzen Hosen sah, aber ohne Spott, denn er mochte den Jungen.

»Leg das über den Tisch und die Stühle, damit es bis heute abend trocknet.« Sie warf das Kleiderbündel auf den Tisch und dehnte die Arme. »Eine herrliche Hitze«, sagte sie, »trocken, ohne Schwüle. Und wenn's stimmt, was im Prospekt steht, wird das drei Wochen so bleiben.«

Sie verschwand wieder in dem kleinen Haus, und er

hörte sie vor sich hinträllern, während sie mit Besen und Schrubber hantierte. Klar, daß sie gleich zu putzen anfing. Bevor nicht alles ihren Geruch angenommen hatte, fühlte sie sich nicht wohl. Der Junge nahm die durchfeuchteten Kleider und Wäschestücke nach und nach vom Tisch und hängte sie in die Äste der Pinie. Ein leichter Wind wehte und bewegte Blusen, Hemden und Unterhosen sacht hin und her.

»Wo ist Papa?« rief er.

Sie hörte auf zu singen und kam mit einer Schaufel voll Sand auf die Terrasse. »Sieh dir das an«, sagte sie, »Endreinigung im Preis inbegriffen. Na, man weiß ja, wie schlampig diese Franzosen sind.«

»Das sind Vorurteile«, erwiderte er, »und außerdem soll man nie verallgemeinern. Du möchtest auch nicht, daß man sagt, alle deutschen Frauen sind Putzteufel.«

»Mich könntest du damit nicht beleidigen«, meinte sie. Sie kippte den Sand in den Garten und blickte mißbilligend auf die von ihm dekorierte Pinie. »Wenn an irgendwas Harz gekommen ist, zieh ich dir die Ohren lang.«

»Wo ist Papa?« wiederholte er.

»Er sieht sich ein bißchen um. Du weißt ja, wie dein Vater ist, wenn's ans Auspacken und Aufräumen geht. Irgendwie schafft er's dann immer, sich in Luft aufzulösen.« Sie lauschte, weil im Garten zur Linken jemand zu sprechen begonnen hatte, und schüttelte den Kopf.

»Diese Franzosen reden so schnell, daß man aber auch gar nichts mitkriegt.«

Als würdest gerade du was verstehen, dachte er, sagte aber nichts und schob sich an ihr vorbei, durch die bis zur Decke reichende Flügeltür in den einen Raum, der ihnen nun drei Wochen als Wohnung dienen würde. Der Boden war mit braunen Fliesen ausgelegt, die Wände, weiß gekalkt, paßten zu der Möblierung aus einfachem unbehandeltem Holz, die aus drei Betten, einem Tisch und Stühlen bestand. An einer Wand zog sich die Küchenzeile entlang, mit Herd, Kühlschrank und einem Geschirrschrank darüber. Daneben ging eine Tür in den Waschraum.

Er holte seine Badehose und schloß sich zum Umziehen in dem kleinen Waschraum ein. Seine Haut war weiß, mit bläulichen Schatten, wo die Knochen vortraten. Er zog die Nase hoch. Seinen Geruch mochte er nicht, diesen käsigen Kindergeruch, der an ungewaschene Haut und wenig gewechselte Wäsche denken ließ. Er stützte die Arme auf das Waschbecken und betrachtete sich im Spiegel. Wann würde er erwachsen sein? Nicht, daß er es sich gerade wünschte, aber der Zustand, in dem er sich jetzt befand, war auch nicht angenehm.

Er nahm seine Unterhose, die Jeans und das Hemd, knüllte sie zusammen und ließ das Bündel draußen auf eines der Betten fallen. »Ich geh mal!« rief er.

Seine Mutter, die inzwischen auf der Terrasse Tisch und Stühle beiseite gestellt hatte und die Fliesen abkehrte, hielt einen Moment inne und versuchte ihn in dem gegen das grelle Sonnenlicht fast dunkel wirkenden Raum zu erkennen. »Zieh ein Hemd über oder nimm Sonnenöl«, riet sie.

»Mhm«, antwortete er. Er öffnete die der Terrasse gegenüberliegende Tür und trat hinaus. Die Hitze empfing ihn und hüllte ihn ein und war so spürbar auf seiner nackten Haut, daß ein Schauer seinen Rücken herunterrieselte. Er holte tief Luft und spreizte die Schultern. Hinter ihm fiel die Tür ins Schloß.

Das Ganze war ein Feriendorf, wie es mehrere an dieser Küste gab, Gettos für die Fremden, mit Tennisplatz, Supermarkt und Restaurant. Die meisten der kleinen, stufenförmig angelegten Häuser waren einstöckig mit flachem Dach, aber es gab auch ein paar mit aufgebautem Obergeschoß, zu dem eine außen angebrachte Treppe hinaufführte. Er schlenderte auf den schmalen gepflasterten Wegen umher, die von Kübelpalmen und Oleanderbäumen gesäumt waren, manche schon wieder halb verwelkt, mit gelben Blättern, als kümmere sich niemand darum, und solch einen vernachlässigten Eindruck machte vieles auf ihn, obwohl das Feriendorf ganz neu und im Bau noch nicht einmal abgeschlossen war. Aber das wunderte ihn nicht. Schon auf der Fahrt durch Frankreich hatte er, je weiter sie in den Süden kamen, eine von ihm mit Dankbarkeit, von seinen Eltern mit Erstaunen wahrgenommene Gleichgültigkeit der Einwohner gegenüber sanitären Einrichtungen bemerkt, als gäbe es weiß Gott Wichtigeres als eine gut funktionierende Wasserspülung oder ein blankgeriebenes Waschbecken.

Eine Weile blieb er nachdenklich auf einem von Pinien beschatteten Platz stehen, wo vergessene Bocciakugeln im Sand lagen. Eine Gruppe braungebrannter Kinder in Badeanzügen zog laut schwätzend an ihm vorüber, aber er beachtete sie nicht. Licht und Schatten zeichneten ein Muster in den Sand, das ihn faszinierte. Als gelte es, geheime Schriftzeichen zu deuten, ging er in die Hocke und legte den Kopf schief, und da zogen sich Lichtkringel und Streifen tatsächlich zu einem Wort zusammen. P...AU...L, buchstabierte er halblaut, und dann, noch einmal, grinsend und mit einem Kopfschütteln: PAUL. Aber da war es wieder weg, und so sehr er sich auch bemühte, er bekam nicht einmal mehr einen Buchstaben zusammen. Trotzdem war er vergnügt, als wäre er nun durch diese nur für Sekunden aufgetauchte Botschaft unsterblich geworden.

Dort, wo der eigentliche Strand begann, nur wenige Meter vom Meeresufer entfernt, stand das Restaurant mit vorgebauter offener Terrasse. Er erkannte seinen Vater unter einem der Sonnenschirme und winkte ihm zu. Er schien ihn nicht zu bemerken. Ein Glas in der

Hand, aus dem er mit einem Strohhalm eine himbeer-rote Flüssigkeit saugte, blickte er zum Strand hinunter, und als Paul näherkam und um die Ecke der Terrasse sehen konnte, begriff er, was seinen Vater so faszinierte. Die meisten der Mädchen und Frauen, die im Sand lagen und sich mit aufgestützten Armen und geschlossenen Augen der Sonne darboten, hatten nackte Brüste. Und da die Sonne hinter seines Vaters Rücken stand, hoben und spreizten sich alle diese mehr oder weniger aufreizenden Brüste in seine Richtung. Paul spürte, wie er rot wurde. Nicht seines Vaters wegen, den er um sein ungeniertes Interesse fast beneidete, nein, er fühlte sich unsicher. Ging er zwischen diesen Halbnackten zum Meer hinunter und sah geflissentlich weg, hielt man ihn sicher für verklemmt, sah er hin, unterstellte man ihm wahrscheinlich pubertäre Neugier. Er schluckte ein paarmal, daß sein Adamsapfel hüpfte, ging zu seinem Vater und setzte sich auf einen Stuhl neben ihn.

»Hallo«, sagte sein Vater, drehte sich zu ihm und stellte sein Glas ab. »Was sagst du dazu? Mutter wird einen ganz schönen Schreck kriegen. Möchtest du einen Orangensaft?«

Paul nickte. Ein junger Mann in weißen Hosen kam an ihren Tisch und nahm die Bestellung auf. Gleichgültig stand er neben ihnen, sein Blick glitt über den Strand und das Meer, unbeteiligt und so gelangweilt, als gäbe es wahrhaftig nicht mehr zu sehen als Wasser und Sand, und Paul mußte sich beruhigt eingestehen, daß schließlich alles zur Gewohnheit wurde.

»Was macht Mutter?« fragte sein Vater.

»Sie putzt.«

»Aha.«

Das Meer war nicht so blau, wie er es sich vorgestellt hatte. Wo es in gleichmäßigen Wellen an den Strand schlug, säumte es ein breiter Streifen aus angeschwemmtem Holz, Rindenstücken und kleinen pelzigen Kugeln, die aussahen wie winzige Kokosnüsse. Der Sand war sauber – feingemahlen und seidig glänzte er in der Sonne, nur da matt und dunkel, wo das Meer sich in regelmäßigen Abständen von ihm zurückzog. Auf gleicher Höhe mit dem Restaurant wuchs den Strand hinauf und hinunter, soweit er sehen konnte, stachliges Gestrüpp. Weiter hinten kamen die Pinien.

»Auf dieser Seite«, sagte sein Vater, »geht's nach Bastia.« Er wies mit dem Daumen nach links. »Die andere Seite runter kommen Feriendörfer.«

»Könnt ich's laufen?« fragte Paul.

»Was?«

»Nach Bastia.«

»Sicher. Wenn du immer am Meer entlanggehst. Warum nicht.«

Sie schwiegen. Paul trank von der eisgekühlten Limonade, die der Kellner ihm wortlos hingestellt hatte, und beobachtete zwei junge Männer, die ein Tretboot ins Wasser schoben. Die Muskeln an ihren braunen Armen spielten unter der eingeölten Haut, sie riefen sich gegenseitig kurze Kommandos zu und bewegten sich tänzelnd, als fühlten sie die Blicke aller auf sich gerichtet. Paul verzog den Mund. Die Sorte gab's auch bei ihnen zu Hause im Strandbad. Um ihren Verstand unterzubringen hätte die Schale einer Nuß ausgereicht – aber mache das einmal einer den Mädchen klar. Er sah an seinen weißen Beinen hinunter und rückte den Stuhl entschlossen so, daß er in der Sonne saß. Sein Vater hielt den kleinen Zettel, auf den die Rechnung getippt war, dicht vor seine Augen und versuchte die Zahlen zu entziffern. »Lies du«, sagte er, »sieht so aus, als bräuchte ich bald für die Nähe eine Brille. Zum Glück seh ich weiter weg alles noch gestochen scharf.« Und als wollte er sich selbst mit dieser Behauptung auf die Probe stellen, nahm er noch einmal die ganze Busenparade ab, bevor er die ihm von Paul mitgeteilte Summe auf den Tisch legte.

Ruth schloß die Tür des von ihr für zwei Wochen gemieteten Einzimmerbungalows hinter sich zu und ließ sich mit einem Plumps auf eines der Betten fallen. Sie war völlig erledigt. Die Fahrt durch Frankreich war

noch angegangen, aber die letzte Nacht auf dem über-
füllten Fährschiff hatte ihre Kraftreserven aufge-
braucht, so daß sie, als sie endlich in dem Feriendorf
angekommen war, nicht mehr fähig war, viel von ihrer
Umgebung wahrzunehmen. Sie hatte in dem kahlen,
noch unfertigen Verwaltungsgebäude eine halbe
Stunde auf den Manager warten müssen, der ihr, als er
begriffen hatte, daß sie allein war, mit einem vielsagen-
den Grinsen den Schlüssel zu ihrem Bungalow ausge-
händigt und ihr auf einer an die Wand gehefteten Karte
den Weg dorthin gezeigt hatte. Er sprach kein Deutsch,
und da sie kein Französisch konnte, hatte sich ihre
Unterhaltung auf das Hin- und Herreichen von Papieren und einige Gesten von seiner Seite beschränkt, die
besagen wollten, wie gut sie es hier getroffen habe. Sie
hatte auf den Berg schmutziger Bettwäsche, der mitten
im Raum auf dem Boden lag, und auf die an der Wand
gestapelten Wolldecken geblickt und nur müde zu
allem, was er sagte, genickt. Schließlich hatte er sie
entlassen, aber vorher zeigte er ihr draußen noch, wo
sie ihr Auto am besten parkte, damit es nicht im Sand
versank, bevor er sich, auf zu kurzen Beinen hüpfend,
mit einem melodischen: »*Au revoir, Madame!*« entfernte.

Es war das erste Mal, daß sie allein in Urlaub
gefahren war. Ihre Freundin, die im gleichen Büro wie
sie gearbeitet und sie immer begleitet hatte, hatte

letzten Winter geheiratet. Das war wohl auch mit ein Grund, daß sie, wie ihre Mutter sagte, in diesem Urlaub mit dem Kopf durch die Wand ging. Nun, sie war in einem Feriendorf, in dem es sicher fast nur Familien mit Kindern gab – passieren konnte ihr also nicht viel. Wer würde auch schon ihretwegen etwas riskieren. Sie war groß und massiv gebaut, und nur wer sie näher kannte, entdeckte hinter ihrem robusten Äußeren die Empfindsamkeit eines in seiner Entwicklung stehengebliebenen Backfischs.

Sie streifte in einer letzten Anstrengung ihre Schuhe ab und fiel in Schlaf. Später, als sie aufwachte, war es immer noch hell, Licht fiel durch die Ritzen der mit Holzjalousien versehenen Terrassentür und zog Streifen über den staubigen Boden. Sie gähnte und sah auf die Uhr. Um diese Zeit aß sie zu Hause immer zu Abend. Sie mußte sich beeilen, wenn sie das Auto noch bei Tageslicht ausräumen wollte. Irgend jemand hatte ihr erzählt, daß es im Süden zwar länger hell bliebe, dafür aber dann sehr schnell dunkel würde, ohne dieses Zwischenstadium, in dem die Schatten nur allmählich vorrücken, so daß niemand vom Einbruch der Nacht überrascht werden konnte.

Sie stand auf, strich sich mit beiden Händen durch die Haare und blickte sich um. Vorhin war sie zu müde gewesen, die Einrichtung genau zu betrachten. Was sie sah, gefiel ihr, genau das richtige für eine Person. Wenn man sich vorstellte, daß sonst eine ganze Familie in diesem einen Raum leben mußte... Sie schüttelte den Kopf und stieß die Terrassentür auf. Der Garten war erbärmlich, aber was sollte im Sand auch wachsen. Hungrig zog sie den würzigen Geruch gegrillten Fleisches ein, der in der Luft lag. Auch sie würde draußen zu Abend essen. Vergnügt klappte sie drei der vier Gartenstühle, die um einen runden Tisch standen, zusammen und lehnte sie gegen die Hauswand. Den letzten Stuhl rückte sie so, daß sie später, wenn sie am Tisch saß, den Blick auf die anderen Häuser hatte, von denen man, da sie hinter Pinien und Gesträuch versteckt waren, allerdings nicht viel sehen konnte. Das machte nichts. Die anderen sollten tun und lassen, was sie wollten, sie kümmerte das nicht. Vielleicht war sie nur aus diesem Grund nach Korsika gefahren. Da sie die Sprache nicht kannte, würde niemand von ihr erwarten, daß sie sich unterhielt. Und wenn Deutsche da waren, würde sie einfach so tun, als wäre sie Ausländerin. Außer mit ihrer Freundin und mit ihrer Mutter sprach sie kaum mit jemandem. Das Leben wurde immer mehr so, daß man ohne reden zu müssen zurechtkam. In den Kaufhäusern, im Bus, in den Schnellrestaurants konnte keiner merken, ob einer stumm war, oder nur nicht reden wollte. Das war gut – jedenfalls für sie.

Sie ging ins Haus zurück, schlüpfte in ihre Schuhe

und holte den Autoschlüssel. Das letzte Stück Weg, nachdem sie das Fährschiff verlassen hatte und die Küstenstraße entlanggefahren war, hatte sie an einer der mit Schilf gedeckten Holzbuden, die es überall gab, angehalten, um Pfirsiche, Weißbrot, Käse und eine Flasche Wein mitzunehmen, und während sie jetzt ihren Koffer und die Tasche mit den Lebensmitteln vom Auto zum Bungalow trug und im Vorübergehen in die anderen, schon beleuchteten kleinen Häuser hineinsah, die des Durchzugs und der kühleren Abendluft wegen fast alle die Türen offenstehen hatten, Radiogeplärr, Kindergeschrei und das Bellen von Hunden hörte, dachte sie daran, wie gut ihr ein einsames Abendessen schmecken würde. Um nichts in der Welt hätte sie mit einer dieser Frauen tauschen mögen, die, eingezwängt auf kleinstem Raum mit Kochen, Betten richten, Tisch decken beschäftigt waren, während kleine Kinder ihnen zwischen den Füßen herumrollten, und die Männer sich eine Zeitung vors Gesicht hielten.

In ihrem Bungalow angekommen, packte sie den Koffer aus, räumte Kleider, Badeanzüge und Wäsche in den wackligen Sperrholzschrank, der neben der Tür zum Waschraum stand, und holte zuletzt mit vorsichtigen Bewegungen einen Stapel bunter Heftchen heraus, den sie einen Moment zärtlich an ihre Wange hielt, bevor sie ihn aufs Bett legte. Sie entkorkte die Weinflasche, schüttete etwas von der goldgelben Flüssigkeit in ein Glas und kostete. Der Wein schmeckte süß, fast wie Likör, und sie seufzte zufrieden und schenkte nach. Wer würde ihr heute abend Gesellschaft leisten? Mit spitzen Fingern blätterte sie ihre Bibliothek durch, bis sie auf ein besonders zerlesenes Exemplar stieß, das auf seinem Titelbild einen attraktiven Mann mit grauen Schläfen zeigte, der ein ihn hingerissen anblickendes Mädchen im Arm hielt. *Doktor Florians spätes Glück* stand darunter. Ruth nickte andächtig. »Guten Abend, Doktor Florian«, sagte sie, lehnte das Heft gegen die Flasche und begann den Käse auszupacken.

Paul war froh, als er endlich, nach einem langen Marsch die Küste entlang, Bastia erreicht hatte. Er lief die engen und steilen Straßen hinauf und hinab, immer wieder überrascht von den plötzlichen Ausblicken auf das von hier oben wirklich blau leuchtende Meer, so blau, wie die Prospekte es versprochen hatten. Und als er nach langem Umherstreifen die Festung bestieg, die die ganze Stadt überragte, fand er dort oben einen kleinen Garten. Unter dem ständigen Sprühregen eines Brunnens wuchs Gras, überschattet von blühenden Sträuchern, und das Grün war so samten und tief, wie er es von zu Hause kannte, nicht in diesem harten und bläulichen Ton, der für die Pflanzen dieser regenarmen Küste sonst typisch war. Er blieb eine Zeitlang auf einer Bank in diesem vor Nässe tropfenden Garten sitzen, streckte die Beine von sich und nahm die Feuchtigkeit auf, dankbar und erschöpft, in eine wohltuende Schlaffheit versunken, als wäre er schon ein alter Mann, dem sonst nichts geblieben war, als dazusitzen und zu warten, bis wieder ein Tag vergeht.

Es war das erste Mal, seit er in Korsika war, daß er sich wohlfühlte. Vielleicht lag es am Klima, oder auch nur an ihm selbst, daß er in den paar Tagen, die er mit seinen Eltern nun schon in dem Feriendorf und am Strand verbracht hatte, vor Langeweile und Überdruß hätte in die Luft gehen können. Er betrachtete seine mageren Beine, die die Sonne rot gefärbt hatte. Immerhin hatte er keinen Sonnenbrand wie sein Vater, der, mit wäßrigen Pusteln bedeckt und von Schüttelfrost befallen, die letzte Nacht nicht hatte schlafen können, und mit seinen halblauten Verwünschungen auf das Land, die Sonne und den Urlaub im allgemeinen auch ihn und seine Mutter nicht hatte zur Ruhe kommen lassen. Es war gut, daß er sich heute abgesetzt hatte. Er würde, wenn es seinem Vater erst wieder besser ging, sowieso nur stören. Was zu Hause nur samstags abends fällig war, überkam die beiden in den Ferien entschieden häufiger. Vielleicht sollte er ihnen den Gefallen tun und auf der Terrasse schlafen. Er stand auf, nahm noch einmal einen tiefen Atemzug der feuchten, mit Blütenduft durchsetzten Luft und schlenderte zum Ausgang.

Ein gepflasterter Weg führte in Windungen in den Hof der Festung, und er blieb ab und zu stehen, um durch die in die Mauern eingelassenen Fenster auf die Stadt und den alten Hafen hinunter zu sehen, in dessen hinter der Mole ölig verfärbtem Wasser eine Menge Boote lagen.

Hinter einer Biegung stieß er fast gegen eine große Frau, die sich, den Rücken ihm zugewandt, an die Mauer preßte und von irgend etwas vor ihr fasziniert zu sein schien. Er murmelte eine Entschuldigung, schob sich an ihr vorbei und sah einen Mann, der sie, nur wenige Schritte von ihr entfernt, mit untergeschlagenen Armen an ein Eisengitter gelehnt, fixierte. Er war nicht groß, aber auch nicht so klein wie die meisten der Korsen, die Paul bis jetzt gesehen hatte. Unter seinem gestreiften Baumwollhemd zeichneten sich deutlich die kräftigen Muskeln der Oberarme ab, seine Haare waren schwarz, mit einem bläulichen Ton, der sich in dem viereckig gestutzten Bart, den er um Wangen und Kinn trug, wiederholte. Auch die Augen waren dunkel, glitzerten, als wären sie mit Lack überzogen, schienen ohne Tiefe und verrieten nichts. Paul wollte an beiden vorübergehen, aber da packte ihn von hinten die Hand der Frau und hielt ihn fest. »Junger Mann«, sagte sie.

Er drehte sich um. Sie war gut einen Kopf größer als er, und er erinnerte sich, daß er sie am Strand gesehen hatte, allein unter einem Sonnenschirm liegend, mit einem Stapel bunter Hefte neben sich, in denen sie las, wenn sie nicht gerade schlief. Ihm waren ihre dicken weißen Schenkel aufgefallen, durch die sich blaue Adern zogen, und die Gleichgültigkeit, mit der sie neugierigen oder auch belustigten Blicken begegnete – als nähme sie sie gar nicht wahr. Aber jetzt schien sie ihre Ruhe verloren zu haben, kleine Schweißperlen standen über ihrer Oberlippe, und die Hand, die ihn hielt, zitterte.

»Ja?« fragte er.

»Könnten Sie mich... dürfte ich?« Kurzentschlossen hakte sie sich bei ihm unter und zerrte ihn mit sich, an dem Mann vorbei, der bei ihrem Vorübergehen nur den einen Mundwinkel nach unten zog, aber darin lag soviel Verachtung für den schmächtigen Beschützer, daß Paul das Blut in den Kopf schoß. Wütend machte er sich unten im Hof frei.

»Danke«, sagte die Frau, die seinen Ärger nicht zu bemerken schien. »Ich bin so froh, daß du mir geholfen hast. Ich heiße Ruth.« Sie streckte ihm die Hand hin. »Ruth Klein.«

Ihm fiel auf, daß sie ihn jetzt duzte. Weil sie ihn genauer angesehen hatte? Oder glaubte sie, ihn nicht mehr aufwerten zu müssen, nun, da die Gefahr vorüber war? Er nahm ihre ausgestreckte Hand und sah nach oben. Der Mann hatte sich über das Geländer gelehnt, als er Pauls Blick begegnete, lächelte er, breitete die

Arme aus, daß die Handflächen nach oben zeigten, hob die Schultern und ließ sie wieder fallen.

»Ich heiße Rosenbaum«, sagte Paul.

Sie kicherte. »Was für ein komischer Name.«

Er wandte seinen Blick von dem Mann an der Brüstung und sah sie zum erstenmal voll an. Was war an Rosenbaum auch nur die Spur komischer als an Klein, vor allem, wenn die Trägerin des Namens so aussah wie sie. Er drehte sich um und wollte gehen, aber sie hielt ihn noch einmal fest. »Würdest du mich bis zum Auto begleiten?« fragte sie. »Sonst geht er mir wieder nach.« Ohne seine Antwort abzuwarten, lief sie über den besonnten Hof, durch den Torbogen hinaus auf die Straße. Paul folgte ihr, hielt sich mal neben, mal hinter ihr und sprach kein Wort, bis sie ihren kleinen Fiat erreichten, den sie im Schatten einer Kirche geparkt hatte. Fehlte bloß noch, daß sie ihn einlud, mitzufahren. Aber sie schien ihn nicht erkannt zu haben. »Was für ein Glück«, sagte sie, als sie eingestiegen war und das Fenster heruntergekurbelt hatte, »daß ich dich getroffen habe. Machst du hier Ferien?«

Sie ließ den Motor an, und er nickte und trat einen Schritt zur Seite, damit sie besser zurückstoßen konnte. Sie winkte, als sie wegfuhr, aber er hob nicht einmal die Hand.

Ruth sah ihn im Rückspiegel immer kleiner werden und schüttelte über sich selbst den Kopf. Jetzt fand sie es beinahe lächerlich, daß ihr jemand solche Angst hatte einjagen können, daß sie bei einem halben Kind Hilfe gesucht hatte. Dabei hatte alles so gut angefangen. Sie hatte sich für den heutigen Tag die Besichtigung Bastias vorgenommen: das Museum, die Zitadelle, die Kirchen. Aber in einer der abschüssigen engen Gassen war sie vor einem Kellergewölbe stehengeblieben, in dem Trödel aller Art angeboten wurde. Bilder, Porzellan, Gläser, rostige Säbel, Bücher. Sie hatte sich alles angesehen und war allmählich immer mehr in den Hintergrund des Ladens geraten, als sie, mit plötzlichem Erschrecken, den Besitzer all dieser Schätze in der Ecke sitzen sah. Er schien zu schlafen. Die Augen waren geschlossen, die Hände lagen gelokkert und entspannt auf den Lehnen seines Stuhles. Aber als sie an ihm vorbei wieder zum Ausgang wollte, hatte er, wie im Schlaf, ein Bein ausgestreckt und sie am Weitergehen gehindert.

»Was soll das?« hatte Ruth gesagt, er aber hatte, ohne zu antworten, als sie in die andere Richtung ausweichen wollte, auch das zweite Bein vorgeschoben, so daß sie, zwischen seinen Knien eingeklemmt, weder vorwärts noch rückwärts konnte. Fast eine Minute waren sie so geblieben, dann hatte er sie mit einem kurzen Schnalzen freigegeben, und sie war mit hochrotem Kopf aus seinem Laden gestürzt. Daß er ihr dann folgte, kreuz und quer durch die Gassen, einen breiten, von Platanen beschatteten Boulevard entlang, über Plätze und Treppen, immer im Abstand, und doch nicht abzuschütteln, hatte sie schließlich so konfus gemacht, daß sie sich in der Festung wie ein in die Enge getriebenes Tier gegen die Mauer gedrückt hatte. Wenn der Junge nicht gekommen wäre... Sie bog in die Küstenstraße ein und fuhr heftig zusammen, als dicht neben ihr ein Auto vorbeischoß, dessen Fahrer gellend die Hupe betätigte. Auch daran mußte sie sich gewöhnen. Hier fuhr anscheinend jeder so, wie es ihm gerade paßte.

Vor einem Supermarkt hielt sie an, kaufte Brot, Käse, Fleisch und eine Flasche von dem honigfarbenen Wein, der ihr so gut schmeckte. Allmählich begann sie sich besser zu fühlen. Wenn ihr dieser Mann nur anders begegnet wäre... sie nicht wie ein Stück Vieh behandelt hätte, wer weiß, ob sie sich vielleicht nicht doch von ihm hätte einladen lassen. Es war eine brutale Kraft von ihm ausgegangen, beunruhigend, aber auch faszinierend. Ohne Umwege und irgendwelche Tricks war er, nachdem er einmal ihren Geruch aufgenommen hatte, hinter ihr hergewesen wie ein Hund hinter einer läufigen Hündin.

Sie stieg wieder ins Auto, verstaute ihre Einkäufe auf dem Rücksitz und fädelte sich in den Verkehr ein. Nach wenigen hundert Metern kam die Abzweigung, die zu den zwischen einer langgestreckten Lagune und dem Meer gelegenen Feriendörfern führte. Sie fuhr langsam, die Straße schlängelte sich zwischen Schilf und wild ineinanderverwuchertem Gesträuch, ab und zu tauchte rechts von ihr der Wasserspiegel der Lagune, links hinter einem weißen Sandstrand das Meer auf. Verkohlte Baumstümpfe, schwarzverbrannte Hecken ließen darauf schließen, daß hier immer wieder Brände ausbrachen. Kein Wunder bei dieser Trockenheit. Wenn der Wind vom Meer nicht gewesen wäre, der eine leichte Abkühlung brachte, wäre die Hitze sicher manchmal unerträglich geworden. Sie kam an einem Campingplatz vorbei, überholte eine Schar barfüßiger Kinder, und bog durch das offene Tor in ihr durch eine Mauer von der Straße abgegrenztes Feriendorf ein.

Sie parkte das Auto im Schatten unter den Bäumen, und während sie den schmalen Weg zwischen den Häusern zu ihrem Studio ging, stellte sich ein Gefühl der Vertrautheit bei ihr ein, als könnte ihr nun, inmitten aufgehängter Wäsche, überall herumliegenden Kinderspielzeugs, zum Trocknen gegen die Wände gelehnter Luftmatratzen, nichts mehr passieren. Und wie jemand, der vor dem Regen flüchtet, sich unter ein fremdes Dach stellt, stellte sie sich in den Schutz dieser alltäglichen Dinge, die von einem Leben zeugten, das ihr vor kurzem noch klein erschienen war.

Nachdem die Frau mit ihrem Auto in die Küstenstraße eingebogen und seinem Blick entzogen war, drehte Paul sich langsam um. Was er vermutet hatte, war tatsächlich eingetreten. Der Fremde hatte ihre Spur nicht verloren, aus dem Schatten des Kirchenportals kam er die Stufen herunter auf ihn zu und blieb so dicht vor ihm stehen, daß Paul den intensiven Geruch wahrnehmen konnte, der dem Bart entströmte, nicht süßlich, aber doch schwer, und der Junge, der es bisher für unmännlich gehalten hatte, Parfüm zu benutzen, atmete halbbetäubt diesen Duft von Holz und Gewürzen ein, der an seinem Träger so gar nicht weibisch wirkte, und wie es manchmal geschieht, war es plötzlich für wenige Sekunden ganz still auf dem Platz. Der Lärm von den großen Boulevards, die vielfältigen Geräusche aus Häusern und Gassen sanken zurück, so daß ihn die zwischen den Mauern gestaute Hitze und das Bild einer starr dastehenden Platane, unter der ein Hund schlief, so stark überfielen, daß er zu zittern begann.

Der Mann hob einen Arm und faßte ihn an der Schulter, und so, ohne etwas zu sagen oder den Druck seiner Hand zu verstärken, dirigierte er ihn in eine Seitenstraße, die steil zum Hafen hinunterführte, deren Gefälle aber durch immer wieder eingeschobene Treppen gemildert wurde. Vor einem offenen Kellergewölbe blieben sie stehen. ›Pastopoulet Antiquités‹ stand über der Tür.

Der Mann deutete auf das Schild.

»Ihr Laden?« fragte Paul. »Sie sind Pastopoulet.«

Er nickte und schob Paul vor sich her in das Gewölbe. Mit weitausholender Gebärde lud er ihn ein, alles zu betrachten, blieb neben ihm und beobachtete ihn. Trödel hatte den Jungen noch nie interessiert, aber als Pastopoulet ein Kästchen vor ihm aufklappte, das Münzen enthielt, griff er neugierig zu. Sie mußten sehr alt sein, denn sie waren abgegriffen und zum Teil noch mit Erde verkrustet. Mit dem Fingernagel kratzte Paul an der Oberfläche einer Münze ein paar Buchstaben frei und entzifferte mühevoll einen lateinischen Namen. »Römische Münzen«, sagte er. Pastopoulet nahm ihm das Kästchen wieder ab und schloß den Deckel. »La femme«, sagte er. Paul sah ihn verständnislos an. Pastopoulet verschwand im Hintergrund des Ladens, suchte in einer Schublade und tauchte schließlich mit einer kleinen weiblichen Figur in seiner Hand wieder auf. Es war eine bemalte Nixe aus Gips, deren Unterkörper mit dem Schwanz so geformt war, daß er als Seifenschale benutzt werden konnte. »La femme«, wiederholte Pastopoulet. Er gab dem Jungen die Figur und nahm selbst wieder das Kästchen mit den Münzen, danach hielt er ihm seine freie Handfläche hin, und Paul, der zu begreifen begann, legte die Nixe hinein. Pastopoulet lächelte zufrieden und überreichte ihm das Kästchen. »Voilà«, sagte er.

»Aber ich kenne sie doch gar nicht«, sagte Paul. »Nur vom Sehen. Außerdem hat sie Angst vor Ihnen.« Er stellte das Münzkästchen auf einer Truhe ab und tat ein paar Schritte rückwärts zum Ausgang hin. Pastopoulet ging ihm nicht nach, mit gesenktem Kopf sah er auf die kleine Frau hinunter, deren rosig gemaltes Fleisch sich hell von seiner Hand abhob.

»Also dann«, sagte Paul, machte auf dem Absatz kehrt und beeilte sich, hinaus auf die Straße zu kommen. Wie erlöst rannte er hinunter zum alten Hafen, setzte sich dort auf eine Mole und baumelte mit den Beinen. Unter ihm schabte ein alter Mann mit einem Messer abgeblätterte Farbe von einem Boot. Ihm gegenüber, auf der anderen Seite, wo zwei schmale, an ihren Enden mit kleinen Leuchttürmen gekrönte Mauern den Hafen bis auf die Einfahrt vom Meer abgrenzten, turnten Kinder herum, die immer wieder ins Wasser sprangen und tauchten. Vor einem Restaurant ganz in seiner Nähe wurden die im Freien unter einer Markise stehenden Tische fürs Abendessen gedeckt. Paul nahm die Beine hoch, legte die Arme darum und stützte sein Kinn auf die Knie. Hatte er sich nicht beinahe wie Georg verhalten, der die Jungfrau vom Drachen befreite? Nur mit dem Unterschied, daß Georgs Jungfrau sicher attraktiver gewesen war. Aber schließlich war er ja auch kein Ritter.

Am Tag schliefen die Schnaken, die nachts von der Lagune kamen, und auch die meisten der Erwachsenen am Strand. Nur die Kinder waren munter, riefen sich mit hellen, das Rauschen des Meeres übertönenden Stimmen und liefen mit ihren nassen Füßen zwischen den Schläfern umher. Der Wind aus Afrika, der unentwegt über die Küste strich, kühlte die von der Sonne erhitzten Körper. Paul gähnte und schüttelte den Sand von seinen Beinen. Blinzelnd sah er aufs Meer hinaus, zählte die Segelboote, die in gerader Linie am Horizont vorbeizogen – gab es aber bald wieder auf. Er drehte sich auf den Rücken und hob den Kopf.

Ein breiter Schatten fiel über ihn, und eine Stimme, die ihm nur zu bekannt war, stieß freudige kleine Laute des Wiedererkennens aus. Die sonst so schlafwandlerische Ruth war auf dem Weg zu ihrem Liegeplatz fast über ihn gefallen und schien diese, ihre zweite Begegnung, nun fast als ein Omen zu betrachten. Sie breitete ihre Decke neben ihm aus, öffnete den Sonnenschirm und drehte ihn tief in den lockeren Sandboden. Kalt vor Wut beobachtete er, wie sie ihrer Badetasche Sonnenöl entnahm und sich die mächtigen Schenkel einzureiben begann. »Mach du mir den Rücken«, bat sie, als sie damit fertig war. Automatisch nahm er die Flasche und starrte auf das lockere Fleisch, vor dessen Berührung ihn ekelte.

»Nun mach schon«, drängte sie.

Er spritzte ihr das Öl auf den Rücken und zerrieb es so heftig, daß ihre Haut rote Flecken bekam. Der Anführer einer Herde Franzosen, der seinen Trupp wie jeden Tag ans Wasser führte, blieb neben ihnen stehen und blickte ihn tadelnd an, bevor er sich, einen lauten Trompetenton durch die Nase stoßend, den Seinen voran ins Meer stürzte. Auch andere waren inzwischen auf sie aufmerksam geworden und verfolgten mehr oder weniger amüsiert seine Bemühungen. Er schraubte die Flasche zu und stand auf.

»Ich geh mal ins Wasser«, sagte er. Mit wenigen Schritten war er soweit von ihr weg, daß er ihre Antwort, falls eine kam, nicht mehr hören konnte. Fröstelnd spürte er das kalte Wasser an seinen Beinen. Er holte tief Luft und warf sich Kopf voran in eine der dem Land zurollenden Wellen. Es tat gut, gegen die Strömung anzuschwimmen, schnaubend und immer wieder tauchend, um dem Aufprall der Wogen zu entgehen, schwamm er zu der Sandbank hinaus, die sich – wie er wußte – einen Meter unter dem Wasserspiegel befand. Sie war nicht leicht zu finden, und er war froh, als er endlich mit den Füßen den weichen Boden spürte. Aufatmend blieb er stehen und drehte sich um.

Der Strand war weit weg. In allen Farben leuchteten die Sonnenschirme, und es dauerte eine Weile, bis er den Platz ausgemacht hatte, an dem er Ruth zurückgelassen hatte. Die Schenkel gespreizt, lag sie auf dem Bauch, fett und schlaff, und er haßte sie so sehr, daß er sie hätte umbringen können. Als wären diese Ferien mit seinen Eltern nicht schon schlimm genug gewesen, mußte sich jetzt noch dieses Weib an ihn hängen, das sich sonst um niemanden kümmerte und mit keinem sprach. Als was betrachtete sie ihn eigentlich? Als eine Art kleineren Bruder, der ihr Ritterdienste zu leisten hatte? Sicher nicht als männliches Wesen, denn vor Männern, wenn sie nicht gedruckt in ihren Heften auftauchten, schien sie Angst zu haben. Was hatte Pastopoulet nur an ihr gefunden? Er betrachtete die Gänsehaut an seinen Armen und versuchte sie warmzureiben. Es würde ihm nichts anderes übrigbleiben, als weiter weg an Land zu gehen. Aber was würde das schon helfen. Der Strand war zu überschaubar, um ihr auf Dauer entgehen zu können. Als seine Finger blau zu werden begannen, faßte er einen Entschluß.

Pastopoulet saß in seinem Laden und döste vor sich hin. Manchmal kam jemand in das Gewölbe heruntergestiegen, um sich die Sachen anzusehen, und er beobachtete dann die Fremden unter gesenkten Augenlidern und stellte sich schlafend. Er bot nicht an, er feilschte nicht. Blieb einer der Interessenten vor ihm stehen und sprach ihn an, gab er nur widerwillig Auskunft, als wäre es ihm egal, ob etwas gekauft wurde oder nicht, aber er hatte trotzdem, oder vielleicht auch gerade deswegen mehr Erfolg als sein Freund Bastien, der ein paar Straßen weiter in einem ebensolchen Gewölbe Wein, Honig und Gewürze verkaufte, und der sich, wenn jemand seinen Laden betrat, nicht genug tun konnte mit Höflichkeitsbezeigungen. Kam Pastopoulet zu ihm, und er ging am Tag mindestens zwei- oder dreimal bei ihm vorbei, so hatte Bastien immer ein paar Leute an dem großen Tisch in seinem Gewölbe sitzen, denen er Kostproben der verschiedenen Weine anbot. Und da er selbst fleißig mittrank, bot sich Pastopoulet fast jeden Abend bei seinem letzten Besuch das gleiche Bild: Eine vergnügte, angetrunkene Runde, deren Mittelpunkt mit bereits glasigem Blick und schwerer Zunge der allzu freigiebige Bastien war.

Aber heute war er, obwohl es schon auf den Abend zuging, noch kein einziges Mal bei ihm gewesen, und Bastien hatte bereits einen Jungen vorbeigeschickt und fragen lassen, ob er krank sei. Nein, er war nicht krank. Es war dieses große weißhäutige Mädchen, nach dem ihm verlangte, und er wußte, daß dieser Stachel in seinem Fleisch sich erst dann wieder lockern würde, wenn er sie gehabt hatte. Es war verrückt von ihm zu glauben, daß sie oder der Junge sich bei ihm blicken lassen würden, trotzdem blieb er sitzen, erhob sich erst am späten Nachmittag, schwerfällig und mit vom langen Sitzen eingeschlafenen Beinen, die er mit den Händen rieb, bis ein Kribbeln ihm zeigte, daß das Blut wieder zu fließen begann. Langsam ging er nach hinten in den Alkoven, wo sich ein Waschbecken, das Bett und ein Schrank mit seinen persönlichen Habseligkeiten befanden.

Im Waschbecken eingeweicht lag das Hemd, das er gestern getragen hatte, er wrang es aus und legte es gleichgültig über einen Stuhl, bevor er frisches Wasser einließ, um sich zu waschen. Er wischte sich gerade Seifenschaum aus den Ohren, als er draußen im Gewölbe Schritte hörte.

Ohne hinauszusehen, wußte er, daß es der Junge war. Er trocknete sich ab und legte das Handtuch weg, mit müden Bewegungen, weil er sich nun ziemlich sicher war, daß er die Frau bekommen würde, und weil ihn dieser bald erfüllte Wunsch noch einsamer zurücklassen würde, als er schon war. Es war wie bei seinen Streifzügen durch das nächtliche Bastia. Obwohl er wußte, daß er überall willkommen war, peinigte er sich mit dem Verlangen dazuzugehören, blieb, wo immer er Licht und fröhlich beieinandersitzende Menschen sah, draußen stehen und stellte sich vor, wie es wäre, bei ihnen zu sein. Trat er aber ein und setzte sich dazu, deckte sich der von ihm vorgefundene Zustand nie mit seinen Vorstellungen, und er verließ die Freunde bald wieder, um wenig später vor einer anderen Tür stehenzubleiben und sich ausgeschlossen zu fühlen von allem, was leicht und gut und fröhlich war.

Der Junge, unsicher, ob er weitergehen sollte, war inzwischen vor dem Alkoven stehengeblieben und räusperte sich. Pastopoulet schob den Vorhang beiseite, und wieder hatte er für Paul trotz des armseligen Hintergrundes etwas von der Einsamkeit eines Fürsten an sich, den exotischen Duft eines Königs aus dem Morgenland. Paul schluckte und fuhr sich mit der Hand über die Kehle. Aber seine Wut auf die dicke Frau war so groß, daß er seine Beklemmung überwand.

»La femme«, sagte er, denn dieses Wort hatte sich ihm eingeprägt und war ihm nun wie eine Losung erschienen, eine Art Zauberwort, ähnlich dem *Sesam öffne dich* Ali Babas. Ruth hatte den Bogen überspannt, und er war hier, sie einem ungewissen Schicksal auszuliefern. Wie das geschehen sollte, wußte er nicht, aber das war Sache dieses Mannes, der mit gesenktem Kopf vor ihm stand und zu überlegen schien. Schließlich ging Pastopoulet an ihm vorbei, bedeutete ihm zu folgen, ließ das Gewölbe jedermann zugänglich offen zurück und darin die zur Seifenschale geformte Nixe und das Kästchen mit Münzen, das der Junge aber doch nicht genommen hätte, denn daß er Ruth verraten wollte, war seine ganz persönliche Angelegenheit und hatte mit dem angebotenen Preis nichts zu tun.

Draußen gingen sie die Treppen hoch, bogen nach

rechts in eine noch schmalere Gasse ein und betraten Bastiens Taverne. Es war ein Raum ohne Fenster, der sein Licht durch den Torbogen erhielt, der zur Straße führte und dessen zwei Flügeltüren weit offen standen. Es gab einen riesigen Tisch mit Stühlen, und rings an den Wänden bis zur Decke gezogene Regale, angefüllt mit Wein, Honigkrügen und geräucherten Würsten.

Bastien stieß einen kurzen Willkommensruf aus, als er seinen Freund erkannte, stürzte sich aber dann sofort wieder in ein erregtes Gespräch mit zwei Zigeunern, die, den Überresten auf dem Tisch nach zu schließen, ausgiebig bei ihm gegessen und getrunken hatten und sich jetzt allem Anschein nach ohne Bezahlung entfernen wollten. Der Junge hielt sich im Hintergrund, Pastopoulet aber faßte einen der Zigeuner hinten am Hals und drehte ihn zu sich um.

»Ah, Pastopoulet«, sagte der und grinste, suchte in seinen Taschen und legte ein paar zerknitterte Scheine auf den Tisch. »Viens!« Er packte seinen Mitstreiter und zog den Protestierenden hinaus auf die Straße. »C'est lui«, hörte Paul ihn draußen sagen, »tu sais«. Und der andere hörte auf zu fluchen, drehte sich nach Pastopoulet um und starrte ihn neugierig an. Bastien hatte das Geld zusammengerollt und in seine Tasche gesteckt, jetzt saß er schweratmend und mit rotem Gesicht auf einem der Stühle und schenkte sich Wein ein. Er trank, lauschte Pastopoulets Erklärungen, nickte und wandte sich an den Jungen. »Ich spreche deine Sprache«, sagte er, »gut sprech ich sie, n'est-ce pas? Du mußt den Streit entschuldigen. Ich gebe gern, aber was zuviel ist, ist zuviel. Was also ist mit der dicken Frau? Er kann sie haben?«

Paul nickte. Plötzlich wurde ihm schwindlig. Er war zu Pastopoulet gelaufen, weil er wütend gewesen war, aber was würden sie mit Ruth machen? Sein ratloses Gesicht brachte Bastien zum Lachen. »Keine Angst«, sagte er, »kannst du sie hierherbringen? Heute abend?«

»Morgen«, sagte Paul.

»Demain«, sagte Bastien zu seinem Freund und schenkte sich nach. Die Sache war für ihn erledigt. Mit gerunzelter Stirn überblickte er den Tisch, nahm einen Rest Wurst und ein Stück Weißbrot und bot beides dem Jungen an. Danach schüttete er aus einem Glas den Rest Wein auf den Boden, füllte es frisch auf und gab es Paul in die Hand. Pastopoulet bediente sich selbst. Der Junge trank. Weich und süß wie Honig floß der Wein ihm die Kehle hinunter und machte ihn glücklich. Er fühlte sich als Mann unter Männern, hörte den beiden, von deren Gespräch er kein Wort verstand, zu, aß von dem Brot und kostete die Wurst, die sich zuerst hart und zäh anfühlte, dann aber einen köstlichen Geschmack entwickelte – ein Aroma von Kräutern, Gewürzen und Rauch.

Nach einer halben Stunde erhob er sich, drückte
Bastien die Hand, lächelte leicht schwankend dem
düster blickenden Pastopoulet zu und wankte hinaus
auf die Straße, aber erst, nachdem er ein ganzes Stück
gegangen war, wurde ihm bewußt, daß er sich nicht
mehr vor den Hunden mit den blutunterlaufenen Augen fürchtete, die überall herumstreunten, und die alle
irgendwie krank aussahen, was ihn nicht wunderte,
denn sie soffen von dem schmutzigen Wasser, das in
Rinnen Straßen und Gassen hinabfloß bis zum Meer.

Ruth lag in der Badewanne und langweilte sich. Ihre
Hefte waren gelesen, wieder und wieder, und lagen
nun, zerfleddert und mit Sonnenölflecken bedeckt, in
einer Ecke des Zimmers auf dem Boden. Sie wußte
nicht, woran es lag, daß es ihr nicht mehr wie früher
gelang, sich ganz in die Welt ihrer papierenen Träume
zurückzuziehen. Es war, als hätte die ewige Sonne hier
einen Riß in ihr Elefantenfell gebrannt, der sich nun
immer mehr zu erweitern begann. Hatte es mit dem
Jungen angefangen? So gleichgültig er ihr im Grunde
war, hatte die Berührung seiner Hände auf ihrem
Rücken, als er sie mit Sonnenöl einrieb, den Wunsch
nach intensiverem Kontakt in ihr geweckt, eine vage
Sehnsucht, die sie nicht bestimmen konnte, die aber da
war und ihr verleidete, was bis jetzt genügt hatte. Sie
betrachtete ihre Schenkel, deren Haut nun schon ein

wenig dunkler gefärbt war, so daß die blauen Adern nicht mehr so auffielen, und fragte sich, ob es einen Sinn habe, abzunehmen. Keine Gewaltkur, nur soviel, daß sie, statt wie bisher ganz am Rande des Rudels mitzutraben, vielleicht einen Platz näher der Mitte finden konnte, dort, wo man sich warm und geborgen fühlte, wo Haut sich an Haut rieb.

Sie zog mit den Zehen den Stöpsel aus dem Wannenboden und wartete, bis das Wasser abgelaufen war, bevor sie sich, schnaubend und Tropfen um sich sprühend, erhob. Als es an die Tür klopfte, stand sie nackt mitten im Zimmer, und einen Moment lang erwog sie, die Tür zu öffnen – so wie sie war, nur damit irgend jemand, egal wer, sie einmal so gesehen hatte, aber dann raffte sie doch das Leintuch vom Bett, wickelte es um sich und machte auf. Es war der Junge und er hatte getrunken, das sah sie sofort.

»Komm rein«, sagte sie.

Er schüttelte den Kopf und sah zur Seite. Inzwischen fühlte er sich schon lange nicht mehr so gut, aber er mußte die enthemmende Wirkung des Alkohols in seinem Blut ausnützen, um ihr zu sagen, was zu sagen war. »Ich möchte«, sagte er und blickte sie immer noch nicht an, »Sie morgen abend mitnehmen nach Bastia. Ich habe...« hier bekam er einen Schluckauf und hielt schnell die Hand vor den Mund.

»Ja?« fragte sie.

»...ein hübsches Lokal entdeckt«, schloß er. Er überwand sich und sah sie an, mit dem gedemütigten Blick eines Hundes, dem jemand einen Tritt versetzt hatte, denn es war doch eine andere Sache, hier vor ihr zu stehen und sie in eine Falle zu locken, als im Übermaß von Wut zu sagen: Ich tu's.

»In Ordnung«, sagte sie, »ich komme mit. Wir nehmen mein Auto. Einverstanden?«

Er nickte.

»Und du holst mich ab?«

»Ja.«

»Aber nüchtern, wenn ich bitten darf«, sagte sie, drohte mit dem Finger und schloß die Tür. Er schaffte es nicht einmal mehr bis zum Strand. Hinter der nächsten Pinie kauerte er sich in den Sand und begann zu würgen.

Bastia bei Nacht war eine völlig andere Stadt als die am Tag. Alles, was schäbig und schmutzig war, schien verschwunden – beleuchtet wie Theaterkulissen zeigten sich die Zitadelle, Kirchen und Häuser verändert, wirkten märchenhaft und bizarr. Von überall her kam Musik, verlockten offenstehende Türen zum Eintreten. Erregt wie er war, nahm Paul Bilder in sich auf, die sich ihm wie immer wieder gedrehte und bis zur Vollkommenheit gesteigerte Szenen aus einem Film einprägten ... einen fetten Jungen, der mit gespreizten

Schenkeln über die Straße watschelte, um hinter dem Perlenvorhang einer Bar in barbarisch rotem Licht zu verschwinden... eine Alte, die in einem Käfig weiße Tauben trug... eine Schar schnatternder kleiner Mädchen, über einen Platz getrieben von zwei sie umkreisenden Nonnen. Die festlich herausgeputzte Ruth am Arm, lief er Treppen hinauf und hinunter, zog den Moment, wo sie bei Bastien eintreten und er sie Pastopoulet ausliefern würde, immer weiter hinaus – bis sie aufbegehrte.

»Du wolltest mir ein Lokal zeigen«, sagte sie, »ich lade dich ein, das ist doch klar. Wir können nicht solange wegbleiben, sonst machen sich deine Eltern Sorgen. Wissen sie überhaupt, wo du bist?«

Er schüttelte den Kopf. Er hatte sein Bett auf der Terrasse aufgeschlagen, und seine Eltern, die früh schlafen gegangen waren, hatten keine Ahnung, daß er weg war. Aber das ging Ruth nichts an. »Machen Sie sich deshalb keine Gedanken«, sagte er, »wir sind gleich da.«

Das Tor zu Bastiens Gewölbe stand auch jetzt weit offen und gab den Blick auf den mit Flaschen und Gläsern vollgestellten Tisch frei, um den eine buntgewürfelte Runde saß, deren Mittelpunkt wieder der heftig gestikulierende Bastien war. Als er Paul erkannte, sprang er auf und kam ihnen entgegen.

»Schöne Dame«, sagte er und ergriff Ruths Hand.

Keiner lachte. Entweder verstanden sie seine Worte nicht, oder sie waren so betrunken, daß ihnen das Kompliment für Ruth angemessen schien. Mit einer kurzen Handbewegung scheuchte Bastien zwei seiner Gäste von ihren Plätzen und bot sie Ruth und Paul an. Dicht aneinandergedrängt saßen sie zwischen den Fremden, kaum beachtet, zwei Gläser vor sich, die der eilfertige Bastien, sobald sie daraus getrunken hatten, gleich wieder auffüllte. Pastopoulet war nirgends zu sehen, und Paul begann sich zu entspannen. Vielleicht wollte Pastopoulet gar nicht mehr – hatte ihre Verabredung vergessen. Diesmal war er mit dem Trinken vorsichtiger. Als er das Stadium einer angenehmen Trägheit erreicht hatte, hörte er damit auf, lehnte sich im Stuhl zurück und nahm die Stimmen der Umsitzenden nur noch wie eine einheitliche Geräuschkulisse wahr, ein stetiges Auf und Ab, dem Rauschen des Meeres ähnlich, beruhigend und einschläfernd. Durch halbgeschlossene Lider betrachtete er sein Gegenüber, einen faltigen kleinen Mann, und folgte dann wieder mit den Augen dem Rauch, der unter der Decke hing und sich zur offenen Tür hinbewegte. Draußen hatte sich dicht über der Straße ein leichter Dunst gebildet, als gebe das Pflaster in der kühleren Nachtluft etwas von der aufgespeicherten Hitze des Tages ab, und in diesem Dunst, aufgetaucht wie ein Geist und wer weiß wie lange schon da, stand Pastopoulet. Plötzlich wieder hellwach, richtete Paul sich gerade auf. Bastien hatte zu singen begonnen, und Ruth war, ohne den Text oder auch nur die Melodie zu kennen, mit den anderen Gästen in den Refrain eingefallen. Paul faßte ihren Arm und drückte ihn. »Wir gehen«, flüsterte er, ohne den Blick von Pastopoulet zu wenden.

»Warum?« fragte sie und wandte sich ihm zu. Ihr Haar hatte sich gelöst und umstand wirr das rote, vergnügte Gesicht. »Mir gefällt's hier. Erst bringst du mich her, und dann, wenn's anfängt nett zu werden, willst du nach Hause.«

Er senkte den Kopf, nahm aus den Augenwinkeln wahr, daß Bastien ihr wieder einschenkte, fühlte Angst und gleichzeitig Haß auf dieses fette Weib in sich aufsteigen, denn sie war es, auf die Pastopoulet wartete, und was auch immer er mit ihr vorhatte, er wünschte sich an ihrer Stelle zu sein, um sich widerstandslos zu ergeben. »Ich geh jedenfalls«, sagte er böse.

Sie kicherte. Noch ein, zwei Gläser, und sie würde völlig betrunken sein. »Wenn du noch etwas wartest, fahr ich dich«, sagte sie. »Dann bist du immer noch schneller da, als wenn du läufst.«

»Ich lauf gern«, sagte er. Er stand auf und zwängte sich aus der Reihe, fühlte sich von zwei Armen gehalten, die ihn unterstützten. Dann nahm Pastopoulet seinen Platz ein.

Schatten

Der Hund hatte eine Spur, und Lena gab ihm, wie
meistens, nach. Hinter der straffgespannten
Leine her folgte sie ihm einen kaum mehr erkennbaren
Pfad einer Schonung entlang, aber als er einen steilen
Hang hinunter wollte, protestierte sie. »Mach wenigstens langsam«, sagte sie, und der Hund, als ob er sie
verstanden hätte, blieb stehen und hob lauschend den
Kopf. Hier war sie noch nie gewesen. Durch die Bäume
konnte sie die Wiesen sehen, die in sanft geschwunge-
nem Bogen in die Mulde abfielen, in der sich das Dorf
befand.

Von allen Seiten war das Dorf von diesen grasbe-
wachsenen Hängen umgeben, die sich wie die Rücken
riesiger schlafender Elefanten hinter- und übereinan-
derschoben. Manche der Elefantenrücken trugen
Wald, andere nur einzeln verstreute Sträucher oder
Obstbäume, die meisten aber waren nur mit Gras
bestanden, das von Schafen und Kühen abgeweidet
wurde. Der kleine Bach, der sich um die Hügel herum-
schlängelte und das Dorf in zwei Teile schnitt, hatte

sich so der Landschaft angepaßt, daß man ihn nur an der Erlenreihe erkennen konnte, die ihn begleitete.

Lena war noch nie im Dorf gewesen, Hubert wollte es nicht. Was sie zum Leben brauchten, besorgten sie sich einmal in der Woche in der nahegelegenen Kreisstadt. Befürchtete er, weil er früher regelmäßig mit seiner Frau und den Kindern die Ferien hier verbracht hatte, daß die Leute im Dorf ihr Fragen stellen würden? Immerhin war er noch nicht geschieden, immerhin war er ein gutes Stück älter als sie, immerhin aber liebte er sie auch. War es dann nötig, sie so zu verstecken, sogar hier, weit weg von der Stadt, in der sie sonst lebten und arbeiteten?

Sie gab dem Hund einen auffordernden Klaps mit der Leine und rutschte mehr als sie ging hinter ihm ein Stück den Hang hinunter. Sie stand nun am Waldrand und konnte das Dorf und den etwas außerhalb auf einem ihr gegenüberliegenden Hügel angelegten Friedhof gut überblicken. Da es um die Mittagszeit war, stieg aus einigen Schornsteinen dünner Rauch in die Luft, gerade, ohne sich zu drehen, denn der Tag war windstill und sehr heiß.

Sie brauchte sich um das Mittagessen keine Gedanken zu machen, Hubert und sie hatten vereinbart, daß sich tagsüber jeder aus dem Vorratsschrank nahm, worauf er gerade Lust hatte. Abends bereiteten sie gemeinsam ein warmes Essen zu, mit Salaten, Wein und Käse, und sie aßen dann draußen auf der kleinen Veranda unter der Begleitmusik unzähliger Grillen, die, im hohen Gras rings um das Blockhaus versteckt, einen Bannkreis zwischen ihnen und dem Wald zogen, der sich dunkel gegen den nur wenig helleren Himmel abhob, und aus dem ab und zu ein Knacken oder der Schrei eines Tieres zu ihnen drang. Mit Kindern mußte es sich in dem Blockhaus ganz gut leben lassen, aber sie hatte, ohne es Hubert jemals einzugestehen, vor irgend etwas Angst.

Es war nichts Bestimmtes, nichts, das sie hätte erklären können. Nur dem Hund schien es ähnlich zu gehen, denn er suchte, sobald es dunkel wurde, immer mehr ihre Nähe und legte sich unter dem Tisch über ihre Füße, als müßte er die Wärme ihrer Haut ganz nah spüren.

Sie ging in die Hocke, um einen Grashalm, der sich in ihrer Sandale verfangen hatte, zu entfernen, und als sie sich wieder aufrichtete, zu hastig, denn das Blut wich aus ihrem Kopf, und es wurde ihr einen Augenblick schwindlig, sah sie es. Es war ein schwarzes Eisenkreuz, in einen Steinsockel eingelassen, nur wenige Meter von ihr entfernt am Waldrand, mit Blick auf das Dorf. An seinem Fuß war eine Tafel befestigt, und sie ging näher, um den Text zu lesen. *Hier*, las sie, *verbrannte Barbara Knab beim Reisigbrennen bei lebendigem Leibe.*

Lena blickte sich um. Steil fiel der verkarstete, von Regengüssen immer wieder abgeschwemmte Hang hinunter ins Tal. Bis auf das spärliche, von Schafen abgenagte Gras gab es nur ein paar Sträucher. Keine Obstbäume. Soviel wußte sie, auch wenn sie aus der Stadt kam: Im Frühjahr schnitten die Bauern die Obstbäume und verbrannten das tote Holz. Was aber hatte Barbara Knab hier verbrannt? Reisig aus dem Wald? Kaum. Da hätte sie lange zu brennen gehabt, wenn sie das ganze verfilzte und halbverfaulte Holz, das in diesem Wald herumlag, hätte aus dem Weg schaffen wollen.

Nun, die Sache war sicher vor vielen Jahren passiert, vielleicht hatte es damals noch Obstbäume an diesem Hang gegeben. Ein paar Baumstümpfe, die weiter unten in der Wiese standen, schienen ihr recht zu geben. Wie alt mochte die Frau bei ihrem Tod gewesen sein? Sie blickte zum Friedhof hinüber und beschloß nachzusehen. Der Friedhof lag außerhalb des Dorfes, und um diese Zeit würde sicher niemand dort sein. Und wenn auch – schließlich war sie nicht Huberts Gefangene. In aufkeimendem Trotz begann sie den Abstieg. Das letzte Stück war so steil, daß sie den Hund loslassen und sich mit beiden Händen auf dem Boden abstützen mußte. Sie landete in einem Hohlweg, der zum Dorf führte, aber kurz vorher verließ sie ihn wieder und stieg die weit flacher und sanfter geschwungene Anhöhe empor, auf der der Friedhof lag. Er war von einer niederen, locker aufgeschichteten Sandsteinmauer umgeben, und schon während sie die Mauer entlanglief, um zum Eingang zu gelangen, versuchte sie, die Inschriften auf den Grabsteinen zu lesen. An der Pforte angekommen, pfiff sie dem Hund, der mit hängender Leine über die Wiesen gerannt kam, und band ihn an dem schmiedeeisernen Gitter fest. Er winselte und blickte ihr ratlos nach, als sie von ihm weg durch die Gräberreihen ging. Auch hier zirpten Grillen. Sie atmete schneller, angestrengt von dem schwierigen Abstieg, aber auch angetrieben von einer Neugier, die sie an sich bisher noch nicht kannte. War das Leben hier für sie inzwischen so langweilig geworden, daß jede kleine Abwechslung zu einer Sensation wurde?

In dem Kaufhaus in der Stadt, in dem sie arbeitete, war den ganzen Tag soviel los, daß schon eine Kundin hätte ohnmächtig vor ihr zusammensinken müssen, damit sie reagiert hätte, aber in dieser Umgebung, seit Wochen mit dem wenig redseligen Hubert in einem kleinen Blockhaus mitten im Wald eingesperrt, begann sie schon den Flug der Fliegen morgens auf dem Frühstückstisch zu verfolgen. Würde diese jetzt die Butter anfliegen? Und die andere...?

Da war es. Ein großes, mit Tagetes und Verbenen bepflanztes Grab. Und auf dem Grabstein die Inschrift – ohne jede Andeutung eines unnatürlichen Todes.

BARBARA KNAB
geboren 1892 gestorben 1962

Lena rechnete nach und war fast enttäuscht, als sie feststellen mußte, daß die Frau schon siebzig Jahre alt gewesen war. Siebzig – da wäre sie ohnehin bald gestorben. Sie las, was unter dem Namen stand.

verwitwete LEI

Dann folgte der Name ihres Mannes, Gustav Knab, der vier Jahre nach ihr gestorben war. Ganz unten aber, in großem Abstand zum übrigen Text, befand sich noch eine Zeile:

ERICH LEI vermißt 1943

Lena begann zu grübeln. Als ihr Mann vermißt wurde, war Barbara einundfünfzig Jahre alt gewesen. Hatte sie danach gleich wieder geheiratet, oder erst Jahre später? Hatte sie ihren zweiten Mann von früher gekannt? War es jemand, den sie schon vor ihrer ersten Heirat geliebt hatte? Und warum war sie mit ihren siebzig Jahren noch diesen steilen Hang hochgestiegen? Wirklich nur um Holz zu verbrennen? Oder ahnte sie, als sie sich oben umdrehte und den Friedhof im Blick hatte, daß sie wenig später dort ihr Grab finden würde? Lena blickte zum Waldrand hinüber, aber von hier unten war das Kreuz nicht zu erkennen, mit dem dunklen Hintergrund der Bäume war es zu einem Schatten verschmolzen. Wie war sie verbrannt? Stand sie oberhalb des Feuers, rutschte ab und fiel hinein? Oder...?

Sie setzte sich auf die Grabumfassung, riß einen Grashalm aus und begann darauf herumzukauen. Vielleicht war es so gewesen: Ihr Mann, ihr erster Mann, war doch wieder zurückgekommen, er hörte im Dorf, daß sie am Waldrand arbeitete und nahm den Weg, der ihn von oben her in ihre Nähe brachte. Sie hatte vom Feuer hochgesehen, und da stand er, unter den Bäumen, regungslos. Wollte sie wegrennen... oder zu ihm hin?

Lena schlug sich mit der flachen Hand gegen die Stirn, stand auf und ging den Hund befreien, der bei ihrem Näherkommen, den Oberkörper fest gegen den Boden gedrückt, mit erhobenem Hinterteil den Schwanz hin- und hertanzen ließ.

»Schon gut«, sagte sie, als er immer wieder hochsprang und ihre Hände zu lecken versuchte, »ich bin ja da.« Sie kraulte sein weiches Fell hinter den Ohren, und jetzt gab der Hund ihr, was sie ihm jeden Abend gab, wenn er sich über ihre Füße legte: Ein Gefühl von Wärme und die Gewißheit, nicht allein zu sein.

Hubert hatte nicht einmal bemerkt, daß sie an diesem Vormittag länger als sonst weggeblieben war. Ein halb aufgegessenes Schinkenbrot neben sich, saß er auf der Veranda und schrieb. Bei ihrem Näherkommen hob er in einer bittenden Geste beide Hände, das Zeichen, daß er in Gedanken war und nicht gestört werden wollte. Sie ging an ihm vorbei in das Blockhaus hinein, in dem es, weil sie schon am frühen Morgen der Hitze wegen die Fensterläden vorgelegt hatte, angenehm kühl war. Sie mußte sich erst an das Dämmerlicht gewöhnen, füllte aber doch gleich mit ein paar automatischen Handgriffen eine Schüssel mit Wasser und stellte sie dem Hund auf den Boden. Einen Wasseranschluß gab es, aber kochen mußten sie mit Propangas, und es hatte seine Zeit gedauert, bis sie mit dem Öffnen und Schließen der verschiedenen Hähne vertraut war.

Sie ging an den Küchenschrank und schaute nach, was noch da war. Von dem Büchsenschinken, den Hubert geöffnet und achtlos hatte stehen lassen, mochte sie nichts, trotzdem löste sie ihn aus der Dose, wickelte ihn in Stanniol und legte ihn auf einen Teller. Sie nahm eine Scheibe Weißbrot und eine Tomate und setzte sich damit draußen auf die Verandastufen vor Huberts Füße. Er schrieb noch ein bißchen weiter und schob dann mit einem tiefen Seufzer Papier und Bleistift von sich weg.

»Wie läuft es?« fragte sie, mehr aus Höflichkeit als aus wirklichem Interesse.

»Phantastisch«, sagte er, »einfach phanstastisch. Das macht diese Umgebung hier, der Wald, die Stille...

und natürlich du, Belle.« Er hatte sich von Anfang an geweigert, sie Lena zu nennen, weil er den Namen spießig fand. Vergnügt setzte er sich neben sie, gab ihr einen Kuß auf die Wange und nahm ihr die Tomate ab, die er mit zwei Bissen, ohne zu kauen, verschlang. Sie zog die Beine hoch und legte die Arme darum.

»Ich habe heute so eine Art Grabmal gefunden«, sagte sie. »Weißt du, so ein Ding, das aufgestellt wird, wo jemand verunglückt ist.«

»Ah ja?« sagte er, wenig interessiert.

»Eine Frau ist dort verbrannt.«

»Verbrannt?« Er wandte sich ihr zu. »Du meinst vom Blitz getroffen.«

»Nein. Verbrannt. Sie hat Reisig gesammelt und angezündet, und dabei muß es passiert sein, sie war schon siebzig.«

»In dem Alter sollte man auch die Finger von sowas lassen«, sagte er und legte einen Arm um ihre Hüfte, »wollen wir beide jetzt etwas tun, was zu unserem Alter paßt?«

Sie rückte ein Stück von ihm weg und zog die Schultern zusammen. »Nein«, sagte sie. Erstaunt sah er sie an.

»Was hast du?«

Sie antwortete nicht, stand auf und ging ins Haus, und er nahm sich nicht einmal die Mühe, ihr nachzugehen. Sie streifte ihre Sandalen ab, legte sich auf das untere der beiden übereinander angebrachten Betten und verschränkte die Arme unter dem Kopf.

Wo hatten eigentlich seine Kinder geschlafen, wenn er mit ihnen und seiner Frau die Ferien im Blockhaus verbrachte? Auf Luftmatratzen? Sie versuchte sich vorzustellen, wie sie hier gelebt hatten. Hatte er sich, wenn er arbeitete, seine Familie so vom Leib gehalten, wie er sich auch sie vom Leib hielt, um sie dann in seinen Denkpausen mit Gnadenbeweisen zu besänftigen? Sie hatte seine Frau nur einmal gesehen, und sie war ihr grau und glanzlos erschienen. Hubert begriff nicht, warum sie ihn nicht widerstandslos ziehen ließ. Sie hat immer nur getan, was gut für mich war, hatte er Lena erklärt, erstaunt über die unerwartete Energie, die seine Frau entfaltete, als es um die Scheidung ging. Lena drehte sich auf den Bauch und blickte auf das offene Rechteck der Tür. Sie konnte einen Teil der Verandabrüstung sehen, dahinter die Wiese und den Wald. Immer und überall das gleiche Bild. Wiesen, Wald, der Himmel. Ab und zu von weitem das Dorf. Am Wochenende die verschlafene Kreisstadt. So ging das nun schon seit vier Wochen und ein Ende war nicht abzusehen. Ihr Urlaub war längst vorbei, aber Hubert hatte angerufen und unbezahlten, zeitlich unbeschränkten Urlaub für sie ausbedungen. Ich brauche dich, hatte er erklärt, und wenn wir erst einmal verheiratet sind, wirst du sowieso mit der Arbeit aufhören.

Natürlich würde sie. Sie tat alles, was er wollte. Sie hatte ihre Freunde aufgegeben, weil er sie albern fand, sie hörte nur noch die Musik, die er liebte, schminkte sich nicht mehr, trug die Haare, wie es ihm gefiel. Sie drehte sich wieder auf den Rücken, und der Hund kam ans Bett und blickte sie erwartungsvoll an.

»Also gehen wir«, sagte sie, »gehen wir wieder. Was sollen wir sonst auch tun.« An dem stummen Hubert vorbei, der wieder vor seinen Papieren saß und nachzudenken schien, lief sie barfuß die Stufen hinunter und in die Wiese hinein. Wo sie hintrat, verstummte das Gezirp der Grillen, um dann wenig später mit noch größerer Lautstärke wieder einzusetzen. Sie pflückte, was immer ihr in die Finger kam, roten Klee und Margeriten, Wiesenschaumkraut und Butterblumen. Als der Strauß so groß war, daß sie ihn fast nicht mehr halten konnte, lief sie, immer noch barfuß, den Weg, den sie heute schon einmal gegangen war. An der Stelle, wo der Hund sie in den Wald geführt hatte, band sie ihn an einem Baum fest. »Ich bin gleich wieder da«, sagte sie, und rannte nun fast, obwohl abgefallene Tannennadeln auf dem Boden ihre nackten Füße stachen, zwischen den Bäumen durch, bis sie das Kreuz erreicht hatte. Sie legte die Hand auf das Eisen und spürte erschauernd die Kühle, die davon ausging. »Barbara«, sagte sie, »die Blumen sind für dich.«

Sie legte den Strauß auf den Steinsockel und trat

einen Schritt zurück. Seit sie das erste Mal hier gewesen war, waren die Schatten länger geworden, dunkel stand das Kreuz vor dem Wald – um so intensiver leuchteten die Blumen.

Lena drehte sich einmal um sich selbst, erst langsam, dann immer schneller, schlug mit den Händen auf ihre Kleider, ging in die Knie und wälzte sich auf dem Boden. Mit ausgebreiteten Armen blieb sie schließlich erschöpft auf dem Rücken liegen. Über den grenzenlos blauen Himmel zogen vereinzelt ein paar Wolken. Erst als Ameisen ihre Beine hochzukrabbeln begannen, stand sie auf. Sie ging zu dem Hund zurück, der, anders als sonst, ohne zu winseln neben dem Baum saß, an den sie ihn gebunden hatte. Als sie näherkam, sträubte sich das Fell auf seinem Nacken, er legte sich flach auf den Boden und rutschte auf dem Bauch zurück, soweit er konnte. Sie blieb stehen und hatte im gleichen Augenblick das Gefühl, daß irgend jemand oder irgend etwas hinter ihr den Schritt verhielt, als wäre sie, seit sie das Kreuz verlassen hatte, nicht mehr allein gewesen. Langsam drehte sie sich um. Blätter, bewegte Zweige, von Licht und Schatten gesprenkelter Boden. Überall konnte jemand sein und nirgends. Sie band den Hund los, der, endlich befreit, mit hängender Leine davonraste.

»Halt«, rief sie, »so warte doch!« Von fern hörte sie das Prasseln und Knacken der Zweige im Unterholz. Dann blieb es still.

Ein Hund, hatte Hubert ihr erklärt, der im Wald wegläuft, kommt früher oder später auf seiner eigenen Spur wieder zurück. Man muß nur warten. Warten. Sie strich sich die wirren Haare aus der Stirn und setzte sich, gegen den Stamm einer Fichte gelehnt, auf den Boden. Die Zeit verstrich, das durch die Bäume einfallende Licht veränderte sich allmählich, verlor seine gleißende Helle, wurden golden und überzog schließlich alles mit einem warmen dunklen Rotton. Ob mit oder ohne Hund, sie mußte zurück, Hubert würde sich Sorgen machen.

Sie sah ihn schon von weitem auf der Veranda stehen – eine Hand über die Augen gelegt, hielt er Ausschau nach ihr. Zu seinen Füßen lag der Hund. Wie dumm sie war. Natürlich war er gleich nach Hause gelaufen, aber da Hubert gesagt hatte, daß Hunde ... Sie blieb vor der untersten Stufe stehen und blickte zu ihm hoch. Er war wütend. Um diese Zeit standen sie längst gemeinsam in der Küche und bereiteten das Essen zu.

»Was ist nur mit dir los, Belle«, sagte er, »du weißt doch, wie mich sowas aufregt. Nachdem der Hund hier ohne dich angekommen ist, konnte ich keinen klaren Gedanken mehr fassen.« Er betrachtete sie mißtrauisch. »Wie du aussiehst! Übrigens hat man etwas für dich abgegeben.« Er streckte die Hand aus und öffnete sie. In seiner Handfläche lag, glitzernd in der Abendsonne, der mit winzigen Glassteinen besetzte Kamm, den sie zum Hochstecken ihrer Haare benutzte. Unwillkürlich griff sie an ihren Kopf. »Ich muß ihn verloren haben«, murmelte sie. Es konnte nur am Kreuz passiert sein, als sie versucht hatte, Barbaras Kampf mit dem Feuer nachzuvollziehen. Sie wurde blaß.

»Wer?« fragte sie.

»Wer was?«

»Wer hat ihn gebracht?«

»Eine alte Frau aus dem Dorf.«

Sie biß sich auf die Lippen und senkte den Kopf. »Du hattest keine Angst?« fragte sie leise.

Er war schon auf dem Weg in die Küche und drehte sich auf der Schwelle noch einmal um. »Angst«, sagte er, »warum um Himmels willen sollte ich vor einer alten Frau Angst haben. Der einzige, der hier Angst hat, ist der Hund.«

»Der Hund?«

»Er kroch unters Bett, als sie kam.«

Lena nickte. Die Sonne war hinter den Bäumen verschwunden und ließ Wiese und Wald in einem bleichen grauen Schimmer zurück. Sie setzte sich auf die unterste Stufe der Veranda und legte ihre Hände vors Gesicht.

»Herrgott nochmal, was ist denn los«, rief er von innen, »kommst du jetzt rein oder sollen wir verhungern?«

»Wann ist es passiert?« fragte sie.

»Was passiert?«

»Daß ich gestorben bin.«

Er kam wieder heraus, stieg die Stufen hinunter und setzte sich neben sie.

»Was hier herumläuft«, sagte sie, »ist nur noch dein Schatten, der sich bewegt, wenn du dich bewegst. Die wirkliche Lena aber ist tot. Nicht einmal ihr Name ist ihr geblieben. Und deshalb kommt es mir nach.«

»Was?«

»Das Gespenst.«

»Jetzt reicht's mir aber«, rief er, »ein Gespenst! Diese Frau ist so lebendig wie du und ich. Ich kenne sie von früher.«

»Du kennst sie?« Sie hob den Kopf. »Und der Hund? Warum hat er Angst vor ihr?«

»Weil sie ihm, als er noch klein war, ein paarmal mit dem Stock eins übergegeben hat. Sie hat uns immer die Milch gebracht, und er spielte sich auf und kläffte sie an.«

»Ach so«, sagte sie kläglich.

»Ja, ach so«, sagte er. »Sie hat mir erzählt, daß sie dich im Wald gesehen hat. Sie war in deiner Nähe, versteckte sich aber, weil sie dachte, du bist nicht ganz richtig im Kopf.«

Sie saßen schweigend nebeneinander. Lena krümmte ihre nackten Zehen. Ihr war kalt, aber sie rührte sich nicht. Aus dem Haus kam Rauch und brenzliger Geruch.

»Der Herd«, rief er. Er sprang auf und verschwand im Haus, und sie hörte ihn fluchen und mit Töpfen und Pfannen hantieren. Kurz darauf steckte er den Kopf durch die Tür. »Hallo«, sagte er, »wenn du mein Schatten bist, müßtest du eigentlich mehr in meiner Nähe sein.«

Sie drehte den Kopf und sah ihn an. Er nickte ihr zu. »Ich warte, Lena«, sagte er.

Die Séance

Anfang des Sommers hatte Franz eine heftige Liebesbeziehung zu einer Wiese. Die Symptome waren typisch. Sie trafen sich jeden Abend zur selben Zeit. Er dachte den ganzen Tag an sie und freute sich auf die Begegnung. War er bei ihr, ging es ihm gut, und hätte ihn jemand in dieser Zeit nach seinem Befinden gefragt, so hätte Franz, und das entsprach sicher der Wahrheit, gesagt, er sei glücklich.

Natürlich war die Wiese nicht irgendeine Wiese. Er hatte sie entdeckt, als er seinen üblichen Spaziergang machte und dabei vom Weg abging, um zu einem Bach hinunterzusteigen. Er mußte sich gebückt zwischen ein paar Erlen durchschlängeln und fand sich plötzlich unten am Wasser auf einem der schönsten Plätze, die er sich denken konnte. Er selbst stand im Schatten und konnte über den Bach hinweg durch flirrendes Laubwerk die in der Abendsonne liegende Wiese sehen. Das Gras war noch nicht gemäht und bewegte sich leicht, wie der Wind darüberstrich, einmal so und einmal so, und über allem tanzten im Gegenlicht unzählige

Schmetterlinge oder Motten. Es geschah, was immer geschah, wenn er sich verliebte, er fühlte sich wie ein leerstehendes Haus mit weiten Fensterhöhlen und Türen, und alles konnte herein, Luft, Wärme, Töne, Licht. Er war allem offen, zufrieden und glücklich. Die Affäre hielt an, bis die Wiese gemäht wurde, und ließ Franz einigermaßen verwirrt zurück. Es tat ihm weh, das abgeschorene, gelblich wirkende Gras zu sehen, er vermied bei seinen abendlichen Spaziergängen den Weg am Bach, und so traf er auf einem seiner Umwege Nickels Frau. Er fand sie mitten im Wald, in einem mit Maschendrahtzaun umfriedeten Stück, wo sie mit kleinen, wütenden Schlägen ihrer Hacke den Boden zwischen unzähligen Kiefernschößlingen bearbeitete. Er blieb stehen, um sie anzusprechen, wie er jeden ansprach, der ihm gerade über den Weg lief, freundlich und neugierig, mit der ganzen Unschuld eines unverheirateten Mannes, der nicht erst vorsichtig über die Schulter schauen muß, wenn er sich einer fremden Frau nähert.

»Harte Arbeit das«, bemerkte er.

Sie blickte hoch, stützte sich auf ihre Hacke und bettete das Kinn auf die Hände, bereit zu einem Gespräch, falls er sich ergiebig zeigen sollte.

»Ich wette, das gibt Rückenschmerzen«, fuhr er fort. Krankheiten oder auch kleine Unpäßlichkeiten, das wußte er, waren ein immer wieder beliebtes Thema – und er hatte sich auch diesmal nicht damit vergriffen.

»Und ob«, sagte sie, »da hilft dann nichts, rein gar nichts. Kein Katzenfell und kein Gänseschmer.« Sie betrachtete ihn neugierig. »Vom Dorf sind Sie nicht.«

»Nein«, sagte er, »nicht direkt. Ich wohne in dem ehemaligen Gutshaus am Waldrand.«

»Ist das nicht schrecklich einsam?«

»Manchmal schon«, gab er zu, »aber ich komme ja erst gegen Abend nach Hause. Und dann geh ich meistens spazieren.«

»Keine Frau?«

»Nein«, sagte er freudig.

»Mein Mann ist der Nickel«, erklärte sie, »der Bauer Nickel. Das erste Haus an der Straße. Gleich neben der ›Rose‹.«

Vor der ›Rose‹ hatte er schon oft gesessen, und jetzt erinnerte er sich auch vage, die Frau, zumindest in ihren Umrissen, gesehen zu haben. Entweder hatte sie unter der Stalltür oder in der Haustür gestanden, klein und stämmig, mit in die Hüften gestemmten Armen, und hatte nach ihrem Mann gerufen. Ni...i...ckel! Energisch war sie, zweifellos ein Stachel in ihres Mannes Fleisch. Nickel war nur noch nebenher Landwirt, er arbeitete in der nahegelegenen Stadt in der Brauerei, er trank gern, er lachte gern und zeigte dabei eine Zahnlücke vorne links oben.

»Und was tun Sie?« fragte Nickels Frau. »Sie sehen aus wie ein Lehrer.«

»Falsch.«

»Was dann?«

»Ich erteile Ratschläge.«

»Ratschläge?« Sie schüttelte den Kopf. »Geld? Häuser? Grundstücke?«

»Menschen.«

»Ach so einer«, sagte sie leicht verächtlich, und Franz erinnerte sich an einen seiner Klienten, der gesagt hatte: Einen Psychologen erkennt man daran, daß er so aussieht, als habe er einen Psychologen dringend nötig. Er seufzte. »Eheberatung vor allem«, sagte er, »Partnerschaftskonflikte, Probleme mit dem Alkohol, Kinder im Schulstreß. Und so weiter.«

Sie hob ihre Hacke hoch und zeigte damit direkt auf ihn, als lege sie ein Gewehr an. »Seien Sie ehrlich, das nützt doch alles nichts. Das Gerede meine ich. Alles für die Katz.«

Er sah sich um. Von Licht und Schatten durchwirkt, umgab sie der Wald. Auf dem noch hellen Himmel zeichnete sich eine blasse Mondsichel ab. Der Weg, den er gekommen war, leuchtete weiß, gesäumt von den dunklen Rändern rötlichen Fingerhuts. Er beugte sich über den Zaun und wölbte beide Hände um den Mund. »Sagen Sie es niemandem weiter«, flüsterte er, »es soll unser Geheimnis bleiben. Sie haben recht.«

An dieses Gespräch mußte er am nächsten Morgen in seinem kleinen Büro in der Stadt denken, als er sich seine Pfeife anzündete und auf den ersten Klienten wartete. Er sah auf die Notizen, die seine Mitarbeiterin während des Telefonats, das sie mit dem Mann geführt hatte, auf ein Papier gekritzelt hatte. Schweigen, stand da, Entfremdung, Kälte. Das Übliche, wenn ein Ehepaar in die Jahre kam, und der ganze Vorrat an gutem Willen verbraucht war. Er knüllte das Papier zusammen, als es an die Tür klopfte. »Nur herein«, rief er.

Seltsames Zusammentreffen. Der Mann, der sich da linkisch durch einen schmalen Spalt schob, war Nickel. Nicht der laute, vergnügte, trinkfreudige Nickel, der in der ›Rose‹ das große Wort führte, sondern ein verlegener, verwirrter Mann, der, das sah man ihm an, mehr gegen seinen Willen hier war, als aus freiem Entschluß. Er erkannte Franz nicht. Entweder hatte er ihn nicht sonderlich beachtet, wenn er ihm über den Weg gelaufen war, oder er war jetzt zu aufgeregt, um den lässigen Typ hinter dem Schreibtisch mit dem stillen Trinker vor der Dorfkneipe in Verbindung zu bringen. Er setzte sich in den angebotenen Stuhl und betrachtete mit weit aufgerissenen Augen Franz' Spielsachen – wie Franz sie bei sich nannte –, die Kästchen und Mappen mit all den hübschen und sinnlosen Tests, die doch nichts brachten, und bei deren Anwendung Franz manchmal das Gefühl hatte, er werfe einem Ertrinkenden einen Teddybär zu. Franz klopfte seine Pfeife aus, stützte die Arme auf, legte die gefalteten Hände mit den Fingerspitzen unters Kinn und neigte leicht den Kopf. »Schießen Sie los«, sagte er.

»Der Pfarrer meinte, ich soll mal bei Ihnen reinschauen«, sagte Nickel. »Es kostet nichts, sagt er, und es kann nichts schaden.« Er machte eine Pause. »Die Kirche zahlt, sagt er. Stimmt das?« Er blinzelte mißtrauisch, bereit, sofort aufzustehen und zu gehen, falls das nicht zutraf, andererseits aber auch nicht sehr überzeugt von einer Beratung, die unentgeltlich war.

»Unsere Einrichtung wird von der Kirche getragen«, sagte Franz, »aber wir nehmen natürlich jederzeit Spenden entgegen. Worum geht es also?«

»Das ist eine komische Geschichte«, sagte Nickel, »und Sie werden vielleicht darüber lachen, aber mich macht das fast kaputt. Sie spricht nicht mehr mit mir.«

»Ihre Frau?«

»Ja. Meine Frau. Sie macht ihre Arbeit wie immer, sie kocht für mich, sie sitzt mit mir am Tisch, sie schläft nachts neben mir, aber ich bin Luft für sie, sie sieht mich nicht einmal an.«

»Das hat doch irgendeinen Grund.«

»Natürlich hat es einen Grund.« Er seufzte und befeuchtete mit der Zungenspitze seine Lippen, als koste es ihn Überwindung, weiterzusprechen. »Das war vor einigen Wochen«, sagte er. »Ich komme von der Arbeit nach Hause und hab schon ein bißchen

205

getrunken. Und sie sitzt mit ihrer Mutter in der Küche beim Kaffee. Und wie das so ist, ein Wort gibt das andere, bis sie mich schließlich einen Trunkenbold nennt. Und das Alterchen keift solange tüchtig mit, bis ich die Kaffeetasse nehme und ihr ein bißchen von der Brühe zum Abkühlen über den Kopf gieße. Er war nicht mal mehr heiß.«

Franz grinste. »Wenn ich Sie richtig verstehe, haben Sie also Ihrer Frau...«

»Nicht meiner Frau, der Alten«, sagte Nickel, »und wie das so ist, sie läuft aus dem Haus und kriegt es fertig, in genau dieser Nacht zu sterben. Hätte sie nur eine Woche damit gewartet, hätte die Sache schon anders ausgesehen... aber so war natürlich ich schuld. Bis zur Beerdigung hat sich meine Frau nichts anmerken lassen. Wir waren in der ›Rose‹ mit allen Verwandten, und es wurde richtig lustig, denn die Alte war immerhin achtzig Jahre alt geworden. Also gut, wir kommen nach Hause und meine Frau zieht ihr schwarzes Kleid aus und hängt es in den Schrank, und ich sage: ›Eine wirklich schöne Feier, Thekla.‹ Und was ist? ›Wenn meine Mutter dir verziehen hat, werde ich dir auch verzeihen‹, sagt sie. Und ab da stellt sie sich taub. Ob ich schreie oder flüstere, es ist ihr egal. Sie schwätzt mit Gott und der Welt, steht draußen auf der Straße und ihr Mund geht wie ein Uhrwerk. Und dann kommt sie rein, und er ist wie ein Strich. Unerbittlich. Aber wie, sagen Sie mir, kann die Alte mir verzeihen, wenn sie unterm Boden ist? Wie?«

Franz sah die resolute Frau vor sich, wie sie gestern abend die Erde zwischen den Kiefern bearbeitet hatte. Unerbittlich – das war sie sicher. Eine harte Nuß. Aber er würde sie knacken. Er stand auf, ging um den Schreibtisch herum und ergriff Nickels Hand. »Ich danke Ihnen«, sagte er.

»Wofür?« fragte Nickel verwirrt.

»Endlich«, sagte er, »endlich wieder ein Fall, der mich fordert. Ich habe gerade eine Liebesaffäre hinter mir, die mich doch ziemlich mitgenommen hat. Ich werde mich Ihrer Sache voll und ganz widmen – es wird mir guttun.«

Nickel stand auf. »Das tut mir leid«, stotterte er, »das mit ihrer Liebsten, meine ich. Hat sie Sie verlassen?«

»Man könnte es so nennen«, sagte Franz verträumt, »aber, um bei der Wahrheit zu bleiben – sie wurde dahingemäht.«

»Unser aller Schnitter ist der Tod«, sagte Nickel ergriffen, »mein Beileid, junger Mann«, und nahm nun seinerseits Franz' Hand, um sie ausgiebig und voll Mitgefühl zu schütteln.

Den Rest seines Arbeitstages verbrachte Franz in einer so gelösten Stimmung, daß sogar seine eher grämliche Mitarbeiterin davon angesteckt wurde. Am späten Nachmittag bestieg er sein Fahrrad und machte sich auf den Weg zu dem ehemaligen Gutshaus, in dem er wohnte. Es war ein mächtiges Gebäude, das unter Denkmalschutz stand, aber die Renovierung war mit soviel Auflagen verbunden, daß sein jetziger Besitzer es lieber verfallen ließ. Er hatte ein paar Mieter, die nicht viel bezahlten, sich dafür aber um alles selbst kümmern mußten. Franz hatte sich unterm Dach eingerichtet. Er hatte die Wände weiß gekalkt, die Holzbalken unter der Decke gebeizt, den Boden mit Dielen ausgelegt. Er verfügte über eine komplett eingerichtete kleine Küche, Schlafzimmer, Bad und ein geräumiges Wohnzimmer, das außer einem Tisch, um den ein paar Stühle standen, eine Liegelandschaft aus zahlreichen Polstern enthielt, eine wollüstige Angelegenheit mit Hügeln und Tälern, in der man sich wunderbar herumwälzen konnte und dabei trotzdem in allen Lagen einen guten Blick auf den Fernsehapparat hatte.

Franz teilte dieses Reich mit einer Katze, ab und zu mit einer Freundin oder einem Freund – seine Tür stand immer offen, und es wunderte ihn nicht, wenn er nach Hause kam, Besuch von auswärts oder einen seiner Mitbewohner vorzufinden, die, weil er in dieser Beziehung am besten eingerichtet war, sein Bad oder seine Küche benutzten, oder sich schnell, genüßlich in einer Kuhle vergraben, ein Päckchen seiner Kekse in der Hand, die Sportschau ansahen.

Die anderen Mieter wechselten so häufig, wucherten

einmal kommuneartig über sämtliche drei Stockwerke oder schrumpften wieder zu ein, zwei Unentwegten zusammen, daß er sich gerade noch Gesichter und Namen merken konnte, aber die ihm zu später Stunde und unter dem Einfluß von Alkohol häufig abgelegten Lebensbeichten bereitwillig und schnell wieder vergaß, was den später Ausgenüchterten sicher nicht unrecht war.

Auch jetzt traf er in seiner Küche einen jungen Mann an, der auf einer Platte Schnittchen zubereitete. Franz nahm sich eines, lehnte sich gegen den Kühlschrank und sah ihm kauend zu.

»Möchtest du nachher nicht mal runterkommen«, fragte der Junge, »wir haben wieder ein paar phantastische Sachen reingekriegt.«

»Was für Sachen?« Franz leckte sich die Finger und griff noch einmal zu.

»Kinderstimmen, und einen alten Mann, dem es drüben gar nicht gefällt. Er gibt sich schreckliche Mühe, mit uns in Verbindung zu kommen.«

Jetzt dämmerte es Franz, jede Woche trafen sich unten im Haus ein paar Gleichgesinnte, die Geisterstimmen aus dem Äther fingen, auf Tonbänder sammelten und untereinander tauschten. »Das ist es«, rief er, »natürlich.« Er haute dem schmächtigen Jungen auf die Schulter. »Wie klingen diese Stimmen... diese Geister meine ich? Irgendwie verändert?«

»Verändert schon. Sie kommen eben von weit her.«

»Sehr gut. Ich schau nachher mal bei euch rein.«

In jedem der drei Stockwerke gab es einen großen Saal, der einmal als Speiseraum gedient hatte. So fand Franz die Spiritisten nicht gleich, wanderte durch die langen Gänge und gelangte schließlich ins Erdgeschoß. Er öffnete die Tür und spähte in den letzten großen Saal, den er noch nicht inspiziert hatte. In dem seltsamen Zwielicht, das hier herrschte, sah er ein paar Leute im Kreis um ein Radio herum auf dem Boden sitzen. Einer drehte an den Knöpfen, aus dem Gerät kam ein Jaulen, es quietschte und piepste, aber dazwischen war tatsächlich wie von weither eine gequetscht wirkende Stimme zu hören, für Franz einwandfrei der Sprecher irgendeiner Station, am Rande erwischt, für die Leute am Boden aber entschieden der große Unbekannte, der sich aus dem All neigte, um sich ihnen mitzuteilen. Franz schloß leise die Tür hinter sich und setzte sich dazu. Einen Arm aufs Knie gestützt und die Hand lauschend hinters Ohr gelegt, versuchte er zu hören, was die anderen hörten.

»Er sagte ›Jammer Jammer‹«, erklärte aufgeregt eine ältere Dame, die sich anscheinend ein Kissen mitgebracht hatte, um besser zu sitzen.

»Ich habe ›Hammer‹ verstanden«, sagte ein Mädchen. Sie hielten alle irgendwelche Kladden auf den

Knien, und einer hatte den Finger an einem Tonband-
gerät, das mit dem Radio verbunden war, bereit, es
sofort anzustellen, falls sich die Aufnahme lohnte. Eine
Kerze brannte in einer Ecke und warf, im leichten
Luftzug flackernd, ihre grotesk vergrößerten Schatten
an die leeren Wände. Ab und zu fuhr ein Auto die
Straße herauf, die aus dem Wald kam und an dem Haus
vorbeiführte, und dann strich ein Lichtkegel über
Decken und Wände und tauchte für ein paar Sekunden
die ganze Szenerie in gleißendes Licht. Die gequetschte
Stimme verlor sich im Äther und der Sucher am Radio
schaltete seufzend ab. »Im Moment ist nichts drin«,
sagte er, »wir versuchen es später nochmal.«

»Sehr interessant«, meinte Franz. »Was habt ihr
denn schon auf Band?«

»Alles, was Sie wollen«, sagte die ältere Dame und
reichte ihm ihre Kladde. »Wir schreiben alles auf.
Sehen Sie ... mach mal Licht, Kurt«, wandte sie sich
an den neben ihr Sitzenden, der ihrer Bitte entsprach,
aufstand und am Schalter drehte, »hier, mit Datum
und Uhrzeit. Wir haben allen einen Namen gegeben.
Manche sagen ihn uns auch.«

»Den Namen?«

»Ja.«

Franz blätterte interessiert und las die Eintragun-
gen. »Die«, sagte er und deutete auf eine Zeile, »die
interessiert mich.«

Die ältere Dame beugte sich über seine Schulter und sah in das Heft. »Amalie?«

»Ja«, sagte er, »Amalie. Haben Sie das Band da?«

»Kann schon sein«, meinte sie, entzückt von seinem Interesse. Sie erhob sich mühsam und ging zu einer Anrichte, wo neben dem Teller mit den belegten Schnittchen ein kleiner schwarzer Koffer stand, in dem sich die bespielten Bänder befanden. »Da ist es«, rief sie, »Amalie war sehr ergiebig. Irgend etwas scheint sie zu bedrücken. Ich nehme an, sie will über uns jemanden um Verzeihung bitten.«

Franz blickte in die Kladde und überflog noch einmal den Text.

»Oder sie verzeiht irgend jemandem.«

»Kann schon sein«, sagte sie großmütig, »es ist manchmal nicht sehr deutlich.«

Das Band wurde aufgelegt und Amalie krächzte mit ihrer verzerrten Stimme irgendwas von Verzeihung in den Raum. Franz verbarg sein Gesicht in den Händen und lachte in sich hinein, sie mußten da in ein Hörspiel geraten sein, in den endlosen Monolog einer alten Frau, die sich eine Schuld vom Herzen redete.

»Sehr schön«, sagte er, »das geht. Und jetzt hört alle mal zu. Ich brauche eure Hilfe.«

Die nächsten Tage benutzte er, sich von Nickel, den er zweimal zu sich bestellte, Aussehen und Gewohnheiten der verstorbenen Schwiegermutter beschreiben zu lassen.

»Sie war klein und dürr«, sagte Nickel. »Sie hielt die rechte Schulter immer etwas höher als die linke. Ihre Haare waren zu einem fettigen kleinen Knoten gedreht...« und so ging das weiter und weiter, bis Franz glaubte, die alte Frau leibhaftig vor sich zu sehen. »Wann arbeitet Ihre Frau in der Kiefernschonung?« fragte er.

»Bei gutem Wetter jeden Abend«, sagte Nickel, »das gibt mal Weihnachtsbäume, wissen Sie – so in zehn Jahren.«

Und tatsächlich traf Franz sie nun fast jedesmal, wenn er durch den Wald spazierte, lehnte sich wie beiläufig gegen den Zaun, schwätzte mit ihr über dies und das und begann behutsam seine Netze um sie zu spinnen. Ja, sie glaubte an Geister – fast jeder im Dorf tat das. Eine Tante von ihr hatte die wilde Jagd gesehen – an einem stürmischen Novemberabend, und sich nie mehr von dem Anblick erholt. Der Tod kündigte sich mit dem Rollen einer unsichtbaren kleinen Kugel an, wußte er das?

Nein, das hatte er nicht gewußt. Aber er konnte mit den Toten in Verbindung treten.

Wirklich?

Wirklich und wahrhaftig. Sie hielten drüben im

ehemaligen Gutshaus ab und zu eine Séance ab. War ihr in letzter Zeit jemand gestorben?

Das schon.

Dann sollte sie doch einmal kommen. Er würde sein Bestes tun. Noch wehrte sie sich, aber ihre Neugier war geweckt, und Franz, der sich seiner Sache nun so gut wie sicher war, traf seine letzten Vorbereitungen. Nickel wurde angewiesen, ein Kleid der Verstorbenen zu besorgen. Das war nicht schwer, denn Thekla hatte alles geerbt, und Schränke und Kommoden waren voll mit Sachen, von denen er eine Auswahl mitbrachte. Franz entschied sich für ein schwarzes Seidenkleid, zu dem eine lange grünlich schillernde Schürze gehörte, in deren Tasche er eine Brosche fand. Die Ausstattung war komplett – die Séance konnte stattfinden.

Es war ein Freitag, und zu allem Überfluß regnete es auch noch, als Franz Frau Nickel im Dorf abholte, um sie unter einem großen schwarzen Regenschirm zum Gutshaus zu geleiten. Sie hatte sich bei ihm eingehängt, und er spürte, wie aufgeregt sie war – so drückte er einen Moment beruhigend ihren Arm und fragte: »Was meint Ihr Mann dazu, wenn Sie so spät noch weggehen?«

»Ach der!« sagte sie wegwerfend.

Sie mußten ein Stück am Bach entlang, vom Regen niedergedrückte Zweige streiften ihre Schultern und besprühten sie mit Wassertropfen. Es war kalt und feucht nach dieser Reihe schöner Tage, aber das, so versicherte er seiner Begleiterin, war genau die Witterung, die sie brauchten. Er führte sie in den großen Saal, nahm ihr den Mantel ab und setzte sich mit ihr an einen runden Tisch, den er irgendwo aufgestöbert hatte, und der ihm für eine Séance sehr geeignet schien, denn er wackelte und ächzte bei der geringsten Berührung. Die anderen waren schon da, hatten die Hände vor sich auf der Tischplatte liegen und schienen, ganz in sich versunken, nur noch auf sie beide gewartet zu haben. Die Vorhänge an den großen Fenstern waren zugezogen, eine Kerze brannte wie an jenem Abend, als er Amaliens Stimme das erste Mal gehört hatte. Franz setzte sich mit Frau Nickel an den Tisch, holte tief Luft und ergriff die Hände der neben ihm Sitzenden. Die anderen folgten seinem Beispiel, und der Tisch begann hin- und herzuschwingen und ein leises Stöhnen von sich zu geben.

»Ich sehe dich«, sagte Franz, »armer kleiner Geist, ich sehe dich. Was willst du uns sagen?«

Ganz leise kam Amaliens Stimme hinter einem der Vorhänge hervor.

»Sprich lauter!«

»...in all den Jahren«, nuschelte die Stimme, versank dann in undeutliches Gekrächze, gab ein, zwei verständliche Worte wieder, glitt neuerdings ab. Der

Vorhang an dem der Straße zuliegenden Fenster teilte sich und eine Gestalt hob sich undeutlich gegen den nur wenig helleren Hintergrund ab. Wenn jetzt ein Auto... und es kam. Wie herausgemeißelt stand vor dem hellen Scheinwerferlicht das scharfe Profil einer alten Frau mit einem winzigen Knoten im Nacken... sie trug die rechte Schulter etwas höher als die linke...

»Mutter«, keuchte Frau Nickel. Ihre Finger krallten sich in Franz' Hand, und er mußte sich beherrschen, um nicht laut loszulachen. Phantastisch, wie das Mädchen die Rolle der alten Frau spielte.

»Was willst du, Geist?« fragte er.

Der Monolog setzte ein, endlos, beschwörend, kaum verständlich. Franz übersetzte. »Sie sollen jemandem wieder gut sein, dem sie verziehen hat«, sagte er. »Wer ist das?«

»Der Nickel«, erklärte sie, dem Weinen nahe.

»Dann tun Sie das auch«, sagte Franz, »eher wird sie keine Ruhe finden.«

Ein weiteres Auto kam und ließ einen hellen Gegenstand am Hals der Erscheinung aufleuchten.

»Die Brosche«, rief Frau Nickel. »Du hast sie also doch gehabt, du verdammte alte Hexe.« Sie sprang auf und war mit ein paar Schritten bei dem Mädchen, das hinter den Vorhang zu flüchten versuchte. Frau Nickel war schneller. Sie packte den Geist an den Haaren, bekam aber nur die Perücke zu fassen, die sie erschrokken anstarrte und dann fallen ließ. Franz fluchte, und das Mädchen begann sich hastig aus den Kleidern zu schälen. Ungerührt von dem nun entstehenden Durcheinander jammerte Amaliens Stimme auf dem Tonband weiter vor sich hin.

Wenige Tage später saß Franz, ein Glas Rotwein vor sich, das Nickel'sche Haus hinter sich, im Garten der ›Rose‹ und dachte über die verschiedenen Möglichkeiten nach, einem in Bedrängnis geratenen Menschen zu helfen. Vielleicht sollte er doch bei seinen Zettelkästen bleiben. Es schauderte ihn jetzt noch in Gedanken an die wütende Frau Nickel, die mit der vom Kleid abgerissenen Brosche in der Hand aus dem Haus gestürzt und in der Nacht verschwunden war. Ein leises Räuspern hinter ihm ließ ihn zusammenfahren. Er drehte sich vorsichtig um. Nickel stand auf der Treppe zur Gaststube und zeigte ihm freundlich lächelnd seine Zahnlücke.

»Das alles tut mir sehr leid«, sagte Franz.

»Das konnten Sie ja nicht wissen«, meinte Nickel, »daß die beiden sich ewig wegen dieser Brosche in den Haaren gelegen haben. Wenn Sie mich fragen, hat die Alte einfach vergessen, wo sie sie hingetan hatte... und so konnte sie sie nicht zurückgeben, verstehen Sie?«

»Schwierige Sache das«, sagte Franz.

»Ja, ja«, meinte Nickel. Er hielt ein Bierglas in der Hand, aus dem er nun in langen träumerischen Zügen trank, den Blick auf die Straße geheftet, die jetzt ein paar Kühe heraufkamen. Der Regen war vorbei und hatte die Luft gereinigt und voller Frische zurückgelassen. Von den Wiesen kam der Duft von Heu. Franz hörte eine Tür aufgehen und ein kurzes Schnaufen. Bewegungslos wartete er ab.

»Ni...i...ckel«, gellte es die Dorfstraße herunter. Aus den Augenwinkeln sah er, wie Nickel sich den Rest Bierschaum von den Lippen leckte, sein Glas in aller Ruhe zur Theke zurückbrachte, und dann, die Hände in den Hosentaschen, seiner Frau entgegenging.

Fanny Morweiser
im Diogenes Verlag

Ein Winter ohne Schnee
Roman. Leinen

Ein Sommer in Davids Haus
Roman. detebe 21059

Lalu lalula, arme kleine Ophelia
Eine unheimliche Liebesgeschichte
detebe 20608

La vie en rose
Ein romantischer Roman
detebe 20609

Indianer-Leo
und andere Geschichten aus dem wilden Westdeutschland
detebe 20799

Die Kürbisdame
Kleinstadt-Trilogie
detebe 20758

O Rosa
Ein melancholischer Roman
detebe 21280

Voodoo-Emmi
Erzählungen. detebe 21541

Neue deutsche Literatur
im Diogenes Verlag

● **Das Günther Anders Lesebuch**
Herausgegeben von Bernhard Lassahn
detebe 21232

● **Alfred Andersch**
».. . einmal wirklich leben«. Ein Tagebuch in
Briefen an Hedwig Andersch 1943–1975.
Herausgegeben von Winfried Stephan
Leinen
Erinnerte Gestalten. Frühe Erzählungen
Leinen
Die Kirschen der Freiheit. Bericht
detebe 20001
Sansibar oder der letzte Grund. Roman
detebe 20055
Hörspiele. detebe 20095
Geister und Leute. Geschichten
detebe 20158
Die Rote. Roman. detebe 20160
Ein Liebhaber des Halbschattens
Erzählungen. detebe 20159
Efraim. Roman. detebe 20285
Mein Verschwinden in Providence
Erzählungen. detebe 20591
Winterspelt. Roman. detebe 20397
Der Vater eines Mörders. Erzählung
detebe 20498
Aus einem römischen Winter. Reisebilder
detebe 20592
Die Blindheit des Kunstwerks. Essays
detebe 20593
Ein neuer Scheiterhaufen für alte Ketzer
Kritiken. detebe 20594
*Öffentlicher Brief an einen sowjetischen
Schriftsteller, das Überholte betreffend*
Essays. detebe 20598
Neue Hörspiele. detebe 20595
Einige Zeichnungen. Graphische Thesen
detebe 20399
Flucht in Etrurien. 3 Erzählungen aus dem
Nachlaß. detebe 21037
empört euch der himmel ist blau. Gedichte
Pappband
Hohe Breitengrade. Mit 48 Farbtafeln nach
Aufnahmen von Gisela Andersch
detebe 21165
Wanderungen im Norden. Mit 32 Farbtafeln
nach Aufnahmen von Gisela Andersch
detebe 21164
Das Alfred Andersch Lesebuch. detebe 20695
Als Ergänzungsband liegt vor:
Über Alfred Andersch. detebe 20819

● **Jakob Arjouni**
Happy Birthday, Türke. Roman. detebe 21544
Mehr Bier. Roman. detebe 21545

● **Heinrich Böll**
Denken mit Heinrich Böll. Gedanken über
Lebenslust, Sittenwächter und Lufthändler,
ausgewählt und zusammengestellt von Daniel
Keel. Diogenes Evergreens

● **Kurt Bracharz**
Ein Abend-Essen zu Fuß. Notizen zu Lichten-
berg. Mit einem Vorwort von Michael Köhl-
meier. Leinen
Pappkameraden. Roman. detebe 21475

● **Rainer Brambach**
Auch im April. Gedichte. Leinen
Wirf eine Münze auf. Gedichte. Nachwort
von Hans Bender. detebe 20616
Kneipenlieder. Mit Frank Geerk und Tomi
Ungerer. Erweiterte Neuausgabe
detebe 20615
Für sechs Tassen Kaffee. Erzählungen
detebe 20530
Moderne deutsche Liebesgedichte. (Hrsg.)
Von Stefan George bis zur Gegenwart
detebe 20777

● **Manfred von Conta**
Reportagen aus Lateinamerika
Broschur
Der Totmacher. Roman. detebe 20962
Schloßgeschichten. detebe 21060

● **Claude Cueni**
Schneller als das Auge. Roman. detebe 21542

● **Doris Dörrie**
*Liebe, Schmerz und das ganze verdammte
Zeug.* Vier Geschichten. Leinen

● **Friedrich Dürrenmatt**
Das dramatische Werk:
Achterloo. Komödie. Leinen
Es steht geschrieben / Der Blinde. Frühe
Stücke. detebe 20831
Romulus der Große. Ungeschichtliche
historische Komödie. Fassung 1980
detebe 20832
Die Ehe des Herrn Mississippi. Komödie und
Drehbuch. Fassung 1980. detebe 20833
Ein Engel kommt nach Babylon
Fragmentarische Komödie. Fassung 1980
detebe 20834

Der Besuch der alten Dame. Tragische
Komödie. Fassung 1980. detebe 20835
Frank der Fünfte. Komödie einer Privatbank
Fassung 1980. detebe 20836
Die Physiker. Komödie. Fassung 1980
detebe 20837
Herkules und der Stall des Augias
Der Prozeß um des Esels Schatten
Griechische Stücke. Fassung 1980
detebe 20838
Der Meteor / Dichterdämmerung
Nobelpreisträgerstücke. Fassung 1980
detebe 20839
Die Wiedertäufer. Komödie. Fassung 1980
detebe 20840
König Johann / Titus Andronicus
Shakespeare-Umarbeitung. detebe 20841
Play Strindberg / Porträt eines Planeten
Übungsstücke für Schauspieler
detebe 20842
Urfaust / Woyzeck. Bearbeitungen
detebe 20843
Der Mitmacher. Ein Komplex. detebe 20844
Die Frist. Komödie. Fassung 1980
detebe 20845
Die Panne. Hörspiel und Komödie
detebe 20846
Nächtliches Gespräch mit einem verachteten
Menschen / Stranitzky und der Nationalheld
Das Unternehmen der Wega. Hörspiele
detebe 20847
Das Prosawerk:
Minotaurus. Eine Ballade. Mit Zeichnungen
des Autors. Pappband
Der Auftrag oder *Vom Beobachten des Beob-*
achters der Beobachter. Novelle in vierund-
zwanzig Sätzen. Leinen
Aus den Papieren eines Wärters. Frühe Prosa
detebe 20848
Der Richter und sein Henker / Der Verdacht
Kriminalromane. detebe 20849
Der Hund / Der Tunnel / Die Panne
Erzählungen. detebe 20850
Grieche sucht Griechin / Mr. X macht
Ferien. Grotesken. detebe 20851
Das Versprechen / Aufenthalt in einer kleinen
Stadt. Erzählungen. detebe 20852
Der Sturz. Erzählungen. detebe 20854
Theater. Essays, Gedichte und Reden
detebe 20855
Kritik. Kritiken und Zeichnungen
detebe 20856
Literatur und Kunst. Essays, Gedichte und
Reden. detebe 20857
Philosophie und Naturwissenschaft. Essays,
Gedichte und Reden. detebe 20858
Politik. Essays, Gedichte und Reden
detebe 20859

Zusammenhänge / Nachgedanken. Essay
über Israel. detebe 20860
Der Winterkrieg in Tibet. Stoffe I
detebe 21155
Mondfinsternis / Der Rebell. Stoffe II/III
detebe 21156
Der Richter und sein Henker. Kriminalroman
Mit einer biographischen Skizze des Autors
detebe 21435
Der Verdacht. Kriminalroman. Mit einer bio-
graphischen Skizze des Autors. detebe 21436
Justiz. Roman. detebe 21540
Als Ergänzungsbände liegen vor:
Die Welt als Labyrinth. Ein Gespräch mit
Franz Kreuzer. Boschur
Friedrich Dürrenmatt & Charlotte Kerr
Rollenspiele. Protokoll einer fiktiven Insze-
nierung und Achterloo III. Leinen
Denken mit Dürrenmatt. Denkanstöße, aus-
gewählt und zusammengestellt von Daniel
Keel. Diogenes Evergreens
Über Friedrich Dürrenmatt. detebe 20861
Elisabeth Brock-Sulzer
Friedrich Dürrenmatt. Stationen seines Wer-
kes. Mit Fotos, Zeichnungen, Faksimiles
detebe 21388

● **Dieter Eisfeld**
Das Genie. Roman. Leinen

● **Egon Friedell**
Die Rückkehr der Zeitmaschine. Phantastische Novelle. detebe 20177
Das letzte Gesicht. 69 Bilder von Totenmas-
ken, eingeleitet von Egon Friedell. Mit Erläu-
terungen von Stefanie Strizek. detebe 21222
Abschaffung des Genies. Gesammelte Essays
1905–1918. detebe 21344
Ist die Erde bewohnt? Gesammelte Essays
1919–1931. detebe 21345

● **Heidi Frommann**
Die Tante verschmachtet im Genuß nach
Begierde. Zehn Geschichten. Leinen
Innerlich und außer sich. Bericht aus der
Studienzeit. detebe 21042

● **Erich Hackl**
Auroras Anlaß. Erzählung. Leinen

● **E. W. Heine**
Kuck Kuck. Noch mehr Kille Kille Geschich-
ten. Leinen
Der neue Nomade. Ketzerische Prognosen
Leinen
Luthers Floh. Geschichten aus der Welt-
geschichte. Leinen
Kille Kille. Makabre Geschichten
detebe 21053

Hackepeter. Neue Kille Kille Geschichten
detebe 21219
Nur wer träumt, ist frei. Eine Geschichte
detebe 21278
*Wer ermordete Mozart? Wer enthauptete
Haydn?* Mordgeschichten für Musikfreunde
detebe 21437
New York liegt im Neandertal. Die abenteuer-
liche Geschichte des Menschen von der Höhle
bis zum Hochhaus. detebe 21453
*Wie starb Wagner? Was geschah mit Glenn Mil-
ler?* Neue Geschichten für Musikfreunde
detebe 21514

● **Ernst Herhaus**
Die homburgische Hochzeit. Roman
detebe 21083
Die Eiszeit. Roman. Mit einem Vorwort von
Falk Hofmann. detebe 21170
*Notizen während der Abschaffung des Den-
kens.* detebe 21214
Der Wolfsmantel. Roman. detebe 21393
Kapitulation. Aufgang einer Krankheit
detebe 21451

● **Otto Jägersberg**
Der Herr der Regeln. Roman. Leinen
Vom Handel mit Ideen. Geschichten. Leinen
Wein, Liebe, Vaterland. Gesammelte
Gedichte. Broschur
Cosa Nostra. Stücke. detebe 20022
Weihrauch und Pumpernickel. Ein west-
fälisches Sittenbild. detebe 20194
Nette Leute. Roman. detebe 20220
Der letzte Biß. Erzählungen. detebe 20698
Land. Ein Lehrstück. detebe 20551
Seniorenschweiz. Reportage unserer Zukunft
detebe 20553
Der industrialisierte Romantiker. Reportage
unserer Umwelt. detebe 20554
He he, ihr Mädchen und Frauen. Eine Kon-
sum-Komödie. detebe 20552

● **Janosch**
Cholonek oder Der liebe Gott aus Lehm
Roman. detebe 21287

● **Norbert C. Kaser**
jetzt mueßte der kirschbaum bluehen. Gedichte, Tatsachen und Legenden, Stadtstiche.
Herausgegeben von Hans Haider. detebe 21038

● **Hans Werner Kettenbach**
Sterbetage. Roman. Leinen
Schmatz oder Die Sackgasse. Roman. Leinen
Minnie oder Ein Fall von Geringfügigkeit
Roman. detebe 21218
Hinter dem Horizont. Eine New Yorker Lie-
besgeschichte. detebe 21452
Der Pascha. Roman. detebe 21493

● **Hermann Kükelhaus**
»… ein Narr der Held«. Gedichte in Briefen
Herausgegeben und mit einem Vorwort von
Elizabeth Gilbert. detebe 21339

● **Hartmut Lange**
Das Konzert. Novelle. Leinen
Die Selbstverbrennung. Roman
detebe 21213
Tagebuch eines Melancholikers. Aufzeichnungen der Monate Dezember 1981 bis No-
vember 1982. detebe 21454
Die Waldsteinsonate. Fünf Novellen
detebe 21492

● **Bernhard Lassahn**
Dorn im Ohr. Das lästige Liedermacherbuch.
Mit Texten von Wolf Biermann bis Konstan-
tin Wecker. Herausgegeben und kommentiert
von Bernhard Lassahn. detebe 20617
Liebe in den großen Städten. Geschichten
und anderes. detebe 21039
Ohnmacht und Größenwahn. Lieder und
Gedichte. detebe 21043
Land mit Lila Kühen. Roman. detebe 21095
Ab in die Tropen. Eine Wintergeschichte
detebe 21395
Du hast noch ein Jahr Garantie. 33 Geschich-
ten. Leinen

● **Jürgen Lodemann**
Luft und Liebe. Geschichten. Leinen
Essen Viehofer Platz. Roman. Leinen
*Anita Drögemöller und Die Ruhe an der
Ruhr.* Roman. detebe 20283
Lynch und Das Glück im Mittelalter
Roman. detebe 20798
Familien-Ferien im Wilden Westen. Ein
Reisetagebuch. detebe 20577
Im Deutschen Urwald. Essays, Aufsätze,
Erzählungen. detebe 21163
Der Solljunge. Autobiographischer Roman
detebe 21279

● **Hugo Loetscher**
Der Waschküchenschlüssel und andere
Helvetica. Broschur
Der Immune. Roman. Leinen
Die Papiere des Immunen. Roman. Leinen
Wunderwelt. Eine brasilianische Begegnung
detebe 21040
Herbst in der Großen Orange. detebe 21172
Noah. Roman einer Konjunktur
detebe 21206
Das Hugo Loetscher Lesebuch. Herausgege-
ben von Georg Sütterlin. detebe 21207

Mani Matter
Sudelhefte. Aufzeichnungen 1958–1971
detebe 20618
Rumpelbuch. Geschichten, Gedichte, dramatische Versuche. detebe 20961

Niklaus Meienberg
Heimsuchungen. Ein ausschweifendes Lesebuch. detebe 21355

Fritz Mertens
Auch du stirbst, einsamer Wolf. Ein Bericht
Broschur
Ich wollte Liebe und lernte hassen. Ein Bericht. detebe 21539

Fanny Morweiser
Ein Winter ohne Schnee. Roman. Leinen
Lalu lalula, arme kleine Ophelia
Erzählung. detebe 20608
La vie en rose. Roman. detebe 20609
Indianer-Leo. Geschichten. detebe 20799
Die Kürbisdame. Kleinstadt-Trilogie
detebe 20758
Ein Sommer in Davids Haus. Roman
detebe 21059
O Rosa. Ein melancholischer Roman
detebe 21280
Voodoo-Emmi. Erzählungen. detebe 21541

Hans Neff
XAP oder Müssen Sie arbeiten? fragte der Computer. Ein fabelhafter Tatsachenroman
detebe 21052

Mathias Nolte
Großkotz. Ein Entwicklungsroman
detebe 21396

Walter E. Richartz
Meine vielversprechenden Aussichten
Erzählungen
Prüfungen eines braven Sohnes. Erzählung
Der Aussteiger. Prosa
Tod den Ärtzten. Roman. detebe 20795
Noface – Nimm was du brauchst. Roman
detebe 20796
Büroroman. detebe 20574
Das Leben als Umweg. Erzählungen
detebe 20281
Shakespeare's Geschichten. detebe 20791
Vorwärts ins Paradies. Essays. detebe 20696
Reiters Westliche Wissenschaft. Roman
detebe 20959

Das Ringelnatz Lesebuch
Gedichte und Prosa. Eine Auswahl
Herausgegeben von Daniel Keel
detebe 21157

Herbert Rosendorfer
Über das Küssen der Erde. Prosa
detebe 20010
Der Ruinenbaumeister. Roman. detebe 20251
Skaumo. Erzählungen. detebe 20252
Der stillgelegte Mensch. Erzählungen
detebe 20327
Deutsche Suite. Roman. detebe 20328
Großes Solo für Anton. Roman. detebe 20329

Bernhard Schlink & Walter Popp
Selbs Justiz. Roman. detebe 21543

Emil Steinberger
Feuerabend. Mit vielen Fotos. Broschur

Beat Sterchi
Blösch. Roman. Leinen. Auch als
detebe 21341

Patrick Süskind
Der Kontrabaß. Pappband
Das Parfum. Die Geschichte eines Mörders
Roman. Leinen
Die Taube. Erzählung. Leinen

Hans Jürgen Syberberg
Der Wald steht schwarz und schweiget
Neue Notizen aus Deutschland. Broschur

Walter Vogt
Husten. Erzählungen. detebe 20621
Wüthrich. Roman. detebe 20622
Melancholie. Erzählungen. detebe 20623
Der Wiesbadener Kongreß. Roman.
detebe 20306
Booms Ende. Erzählungen. detebe 20307

Henri Walter
Der Pelikan. Roman. Leinen

Hans Weigel
Das Land der Deutschen mit der Seele suchend. detebe 21092
Blödeln für Anfänger. Mit Zeichnungen von Paul Flora. detebe 21221

Urs Widmer
Alois. Erzählung. Pappband
Die Amsel im Regen im Garten. Erzählung
Broschur
Indianersommer. Erzählung. Leinen
Das Normale und die Sehnsucht. Essays und Geschichten. detebe 20057
Die lange Nacht der Detektive. Ein Stück.
detebe 20117
Die Forschungsreise. Roman. detebe 20282

Schweizer Geschichten. detebe 20392
Nepal. Ein Stück. detebe 20432
Die gelben Männer. Roman. detebe 20575
Züst oder die Aufschneider. Ein Traumspiel
detebe 20797
Vom Fenster meines Hauses aus. Prosa
detebe 20793
Liebesnacht. Erzählung. detebe 21171
Die gestohlene Schöpfung. Ein Märchen
detebe 21403
Das Verschwinden der Chinesen im neuen Jahr
Mit einem Nachwort von H.C. Artmann
detebe 21546
Das enge Land. Roman. detebe 21571
Shakespeare's Geschichten. detebe 20792
Das Urs Widmer Lesebuch. detebe 20783

● **Hans Wollschläger**

Die bewaffneten Wallfahrten gen Jerusalem
Geschichte der Kreuzzüge. detebe 20082
Karl May. Eine Biographie. detebe 20253

Die Gegenwart einer Illusion. Essays
detebe 20576

● **Wolf Wondratschek**

Die Einsamkeit der Männer. Mexikanische
Sonette (Lowry-Lieder). detebe 21340
Carmen oder bin ich das Arschloch der acht-
ziger Jahre. Broschur
Menschen, Orte, Fäuste. Reportagen und
Stories. Mit Fotos von Roswitha Hecke
Broschur

● **Das Diogenes Lesebuch**
   moderner deutscher Erzähler

Band I: Geschichten von Arthur Schnitzler bis
Erich Kästner. detebe 20782
Band II: Geschichten von Andersch bis Wid-
mer. Mit einem Nachwort von Gerd Haff-
mans. ›Über die Verhunzung der deutschen
Literatur im Deutschunterricht‹. detebe 20776